Le Chaudron du Diable

" Qu'est-ce que c'était?'', demanda Ned, réveillé lui aussi à présent. ''Je rêvais. Que se passe-t-il?'' Il saisit le bras de Clare. ''Il y a quelqu'un ici.'' Sa main étreignait douloureusement le bras de Clare.

''Ce sont les contrebandiers'', dit-elle. ''James Paynter et son fils. Ils sont ici.''

''J'ai entendu quelque chose'', répondit Ned. Il ignora les paroles de Clare. ''J'ai entendu un coup de feu. Quelqu'un est blessé. Ils vont s'en prendre à nous.''

Le Chaudron du Diable

DAVID WISEMAN

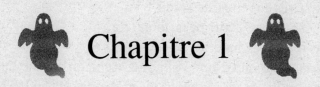# Chapitre 1

"Salut!"
La voix amicale, chaleureuse et juvénile, était celle d'un garçon.
"Salut", répondit-elle. La peau du garçon sentait le sel, il venait de sortir de la mer, car des gouttelettes l'éclaboussèrent quand il s'assit près d'elle.
"Tu es allé nager?", demanda-t-elle.
Il était un peu essoufflé, comme s'il avait couru.
"Oui", dit-il. "C'est super." Il y avait comme un sourire dans sa voix. Il s'amusait bien; il devait être en vacances comme elle.
"Je t'ai reconnue. Tu es dans la caravane à côté de la nôtre. Je t'ai vue arriver hier", dit-il.
Elle était assise sur le sable, enserrant ses genoux dans ses bras, le visage tourné vers le soleil. La chaleur sur sa peau lui faisait tant de bien! Quand ses parents avaient suggéré d'aller en Cornouailles, elle n'avait pas été enthousiaste, mais, à présent, elle était contente d'être là. Le temps était au beau fixe après des semaines de pluie, et c'était agréable de paresser sur la

plage et de savoir qu'il restait encore dix jours avant la date fatidique du retour à la maison. Elle s'allongea, détendue, avec un sentiment de parfait bien-être, et ôta ses lunettes de soleil.

"Viens nager", proposa le garçon.

Elle remit ses lunettes et se redressa.

"Non", dit-elle d'une voix plus sèche qu'elle ne l'aurait voulu. "J'ai promis à ma mère de l'attendre ici. Elle ne va pas tarder."

"Oh." Elle sut qu'il était déçu. Elle voulut lui expliquer, mais il lui lança: "Bon, à plus tard, alors", et s'éloigna.

Elle s'en voulait de l'avoir laissé partir ainsi, de lui avoir donné l'impression qu'elle n'avait pas envie de l'accompagner. Elle était bonne nageuse et aurait aimé sentir les vagues autour d'elle, mais sa mère se serait inquiétée de ne pas la trouver là en revenant des courses.

Elle aurait dû le lui dire. Il aurait compris; sa voix était pleine de compréhension. Il lui aurait volontiers pris la main pour la conduire jusqu'au bord de l'eau. Il voulait devenir son ami, elle le savait, et il n'aurait pas été rebuté par le fait qu'elle était aveugle. De plus, sa mère aurait été contente qu'elle se fasse un ami de son âge pendant les vacances.

Elle se retourna et exposa son dos aux rayons du soleil.

Elle sut que sa mère était revenue avant même de l'entendre parler.

"Tu vas attraper un coup de soleil, Clare. Assieds-toi,

6

je vais te mettre de la crème. J'en ai acheté en faisant les courses.''

Clare obéit et sentit les mains de sa mère, douces et fraîches, étaler la crème solaire sur ses épaules. L'odeur de la crème évoquait le souvenir d'autres étés. Sa mère lui mit le tube dans les mains et lui dit de s'enduire elle-même le reste du corps. Clare passa lentement la crème onctueuse et apaisante sur sa peau, heureuse de sentir près d'elle la chaude présence de sa mère, et d'entendre les rires d'une famille à quelques mètres d'elles.

"Un garçon m'a parlé; il m'a dit qu'il était dans la caravane voisine de la nôtre, sur le terrain de camping.''

"Ce devait être Ned Watson. Je l'ai rencontré hier soir, ainsi que sa mère. C'est un gentil garçon. Il est à peu près de ton âge, il aura bientôt quinze ans.''

"Il m'a demandé d'aller nager avec lui.'' Elle s'interrompit et sentit la main de sa mère étreindre la sienne. "Il ne savait pas.''

"Non, bien sûr. Viens. Nous allons essayer de le retrouver pour lui expliquer. Je suis sûre qu'il acceptera de s'occuper de toi, si je le lui demande. De toute manière, je suis persuadée que tu nages aussi bien que lui.''

"Pas maintenant, Maman.''

Sa mère ne tenta pas de la convaincre.

"Tu as sans doute raison. Nous ferions bien de rentrer. C'est au tour de ton père de préparer le dîner, ce soir. Il sera mécontent si nous sommes en retard.''

"Il se sera sans doute contenté d'ouvrir une boîte de

conserve'', dit Clare. Mais quand elles arrivèrent à la caravane, elle découvrit que son père avait préparé une salade de fruits frais. Elle perçut des odeurs de melon, de pomme, de banane, toutes si différentes et si appétissantes.

Après le repas, ce fut à elle de desservir et de faire la vaisselle. La caravane était petite, ils n'avaient pas les moyens d'en acheter une plus spacieuse; mais, comme elle dormait sous la tente, il y avait suffisamment de place pour eux trois. Il régnait dans la caravane une odeur particulière, qu'elle ne parvenait pas à définir; une odeur humaine, mais qui n'était pas une odeur de sueur; c'était une odeur de bonheur et de contentement, car ils appréciaient toujours d'y passer leurs vacances, d'être libres de faire ce qu'ils voulaient, quand ils le voulaient, sans avoir à respecter les horaires et la routine d'un hôtel. Et ici, elle prenait même du plaisir à laver la vaisselle et à effectuer les autres tâches qui lui incombaient. Elle appréciait par-dessus tout les soirées, quand la chaleur du jour cédait la place à une douce brise et qu'elle s'asseyait dehors pour écouter le bourdonnement somnolent des insectes et le bruit lointain des vagues s'écrasant sur les rochers. De temps à autre, la radio d'un voisin venait troubler cette paix, mais la musique se taisait bien vite, car la plupart des vacanciers étaient ici, comme eux, parce qu'ils recherchaient la tranquillité. Ils pouvaient la trouver dans ce cadre champêtre et paisible, si éloigné du bruit des grandes villes.

''Si c'est le tapage qui leur plaît'', disait le père de

Clare, "ils n'ont qu'à aller à Newquay." (C'était une grande plage très fréquentée, plus au nord.)

Parfois, Clare aurait aimé un peu plus d'animation, mais, cette fois, elle était d'accord avec ses parents: personne ne pouvait rêver vacances plus agréables, plus reposantes qu'ici, à Polgwidden.

Polgwidden. C'était un nom bizarre, mais le comté de Cornouailles regorgeait de lieux aux noms étranges, très différents des noms anglais.

"Et pour cause", disait son père. "Ce ne sont pas des noms anglais. Ce sont des noms corniques, des noms du pays de Cornouailles, et c'est tout autre chose."

"Tous ces noms ont une signification, je crois", dit sa mère. "Porthtowan veut dire: la baie près des dunes de sable; Porthreath, la baie avec une plage. Enfin, c'est ce qu'on m'a raconté." Elle ne paraissait pas très sûre d'elle.

"Et Polgwidden?", demanda Clare. Mais ses parents semblaient ne pas avoir envie de bavarder davantage. Sa mère soupira et son père, à en croire sa respiration lente et régulière, devait s'être assoupi.

"Salut", entendit-elle. C'était à nouveau le garçon de la caravane voisine, Ned.

"Bonsoir", dit-elle, en se tournant dans sa direction.

"Je ne savais pas", reprit-il.

"Qu'est-ce que tu ne savais pas?"

Il prit un ton gêné.

"Quand je t'ai demandé d'aller nager..."

"Je n'avais pas envie de nager", dit-elle, avec une brusquerie involontaire.

"Oui", fit-il. "Je comprends."

"Non, tu ne comprends pas."

La respiration de son père avait changé. Il ne dormait pas. Il l'écoutait et elle se sentit fautive de son manque d'amabilité.

"Non, je suppose que je ne peux pas comprendre", dit Ned. Elle crut qu'il s'en allait.

"Ned", appela-t-elle soudain.

"Oui?"

"J'aimerais aller faire un tour. Qu'en penses-tu?"

"Oh, oui", répondit-il. "Si tu veux."

"Allons-y." Elle se leva, tendant la main vers lui. Elle sentit qu'il lui prenait le bras. Il comprenait peut-être, après tout. La main du garçon sur son bras était légère mais ferme, sans rien de possessif ni d'indiscret, simplement rassurante.

"Où veux-tu aller?", demanda-t-il.

"Sur la plage."

 Chapitre 2

Lorsqu'elle était en vacances, Clare se réveillait toujours très tôt. A la maison, elle restait au lit jusqu'à ce que sa mère s'impatiente, mais ici elle avait envie de se lever dès que les premiers bruits de l'aube - le camion du laitier, le chant des oiseaux, la rumeur de la circulation au loin - lui indiquaient qu'une nouvelle journée commençait. Elle avait accepté de partir en promenade avec Ned, mais elle n'aurait jamais pensé qu'il serait prêt à une heure aussi matinale.

"Psst!" Elle entendit sa voix au dehors. "Tu es réveillée?"

"Bien sûr."

"Alors, tu viens?"

Hâtivement, mais sans faire de bruit, pour ne pas déranger ses parents, elle se glissa hors du lit, enfila un jean et un pull, ouvrit la fermeture éclair de sa tente et sortit dans la fraîcheur de l'air. Elle respira l'odeur suave, presque entêtante, des genêts, derrière laquelle elle percevait celle des embruns. Le soleil était déjà levé, elle sentait sa caresse sur sa joue.

"C'est le meilleur moment de la journée." Elle inspira profondément. "Viens", dit-elle, en avançant sans hésitation. Ses pieds connaissaient bien le chemin. Celui-ci conduisait jusqu'à la plage, à travers une brèche dans la haie; le sable était d'abord sec et crissant sous le pas, mais, au bout de quelques mètres, il se transformait en sable ferme, durci par les marées, sur une étendue de près d'un kilomètre. Son père avait dessiné un plan de la baie, de ses anses et de ses criques, de manière qu'elle apprenne à en connaître le tracé.

"Attention", lui dit Ned, et elle hésita, tâtant le sol avec précaution, du bout de son pied nu. Elle comprit de quoi il s'agissait. Ils avaient atteint la ligne de marée haute; l'odeur des algues apportées par la mer emplissait ses narines. A cet endroit, la plage en était jonchée, ainsi que d'autres détritus. Un jour, elle s'était entaillé le pied sur une bouteille brisée. Elle aurait dû mettre des sandales, mais elle était beaucoup trop pressée.

"Ce n'est rien", dit-il. "Rien qu'un tas d'algues, des cordages et du bois. La mer devait être très forte pour ramener tout ça." Il lui prit la main et lui fit traverser le cordon de détritus pour gagner le sable propre et ferme au-delà. Clare savait que la plage était encore déserte. Aussi loin que portait son ouïe, elle n'entendait que le cri des mouettes et le lent reflux des vagues dans le lointain. Elle lâcha la main de Ned et courut vers la mer, ne s'arrêtant que lorsque le bruit des vagues lui apprit qu'elle était tout près de l'eau.

"Tu m'as fait peur", dit Ned en la rejoignant. "Pourquoi as-tu fait ça?"

Elle ne répondit pas. C'était merveilleux de courir droit devant soi, en sachant qu'il n'y avait aucun obstacle sur son chemin. Les plages étaient des lieux magiques et cette vaste étendue de sable à Polgwidden était le plus magique de tous. Elle ouvrit les bras comme pour embrasser la baie.

"Z'êtes bien jolie comme ça, z'avez l'air d'une ondine, mon coeur", entendit-elle; elle sursauta, étonnée de n'avoir pas senti la présence d'une troisième personne. Elle se tourna vers la voix grave et amusée qui sentait le tabac et le poisson, un mélange bizarre mais séduisant.

"Z'êtes surprise", poursuivit l'homme "tout comme j'ai été surpris d'vous voir à c't'heure, quand tous les gens sensés sont encore couchés."

"Vous n'êtes pas sensé non plus, alors?", fit-elle.

"Moi?", répondit-il en riant. "J'suis p't'êt ben la personne la plus sensée de toute la région, ma foi, et la plus vieille, aussi." Elle se rendit compte qu'elle le déconcertait; il s'était aperçu qu'elle était aveugle, mais avait du mal à le croire, après l'avoir vue galoper sur le sable.

"Vous devriez ben être plus prudente, mon coeur." Il semblait vraiment préoccupé. Elle l'imaginait petit, trapu, barbu et très vieux, bien que sa voix fût vigoureuse et pleine de bon sens.

"J'suppose que vous v'nez d'une de ces caravanes, là-haut."

"Oui", dit-elle. "Vous habitez par ici?"

"Pour ça, oui. Reuben Pascoe. C'est mon nom.
Z'avez entendu parler de moi?"

"Non", répondit-elle.

"Oh!" Il paraissait déçu.

"Mais nous ne sommes ici que depuis un jour ou
deux."

"Viens", chuchota Ned à son oreille. "C'est un vieux
vagabond pas lavé. On ne va plus pouvoir s'en débar-
rasser."

"Allez-y", dit l'homme. "Votre jeune ami veut s'en
aller." Mais Clare n'avait pas envie de partir tout de
suite. Reuben avait une bonne voix, ni malpropre, ni
même vieille, malgré ce qu'il avait dit.

"Pourquoi êtes-vous debout à cette heure", interrogea Clare, "si vous dites que les gens sensés sont encore au lit?"

"Dès que la marée descend, je suis là. Et j'en trouve,
des choses, sur la plage. Regardez un peu par ici."
Il s'interrompit. "Pardon, mon coeur, j'ai dit ça sans
réfléchir. J'ai tout un tas de trucs, du bois, des ma-
chins comme ça. C'était une bonne mer, cette nuit,
une mer forte, elle a apporté plein de choses. Et pis,
j'nettoie la plage, j'la rends ben propre pour les touristes comme vous." Elle comprit qu'il avait tourné
les talons et s'apprêtait à partir - bien que le bruit de
ses pas fût étouffé par le sable - car elle ne sentait plus
son odeur.

"Vous irez au barbecue, ce soir?", demanda-t-il encore.

"Où est-ce?"

"Ben, sur la plage, bien sûr. C'est toujours agréable. J'parie que même vot' jeune ami appréciera."

"Vieux fou", marmonna Ned. "Tu ne devrais pas encourager des gens de cette espèce."

"Pourquoi dis-tu ça? De quoi a-t-il l'air?"

"Je te l'ai dit, d'un vieux vagabond malpropre."

"Ça ne veut rien dire. Est-il grand, petit, gros, maigre, brun, chauve, chevelu? Qu'entends-tu par vieux vagabond malpropre?" Irritée, elle fit demi-tour pour regagner le terrain de camping. De toute façon, c'était l'heure du petit déjeuner et c'était à elle de le préparer.

"Où vas-tu?", questionna Ned.

"Je rentre", jeta-t-elle d'un ton sec.

"Alors, laisse-moi te guider. Tu finiras sur les rochers si tu pars dans cette direction."

Cela ne fit que l'irriter davantage, et elle savait que lorsqu'elle était en colère, elle perdait tout sens de l'orientation. Elle s'arrêta et tendit la main; Ned s'en empara. Elle lui était reconnaissante de la manière dont il savait lui proposer son aide sans jamais la lui imposer.

"Je suis désolée", dit-elle.

"Il est petit et trapu, il n'a pas de barbe, porte un vieux cardigan troué aux coudes et il a l'air d'un vieil ivrogne."

"C'est mieux", dit-elle. "Maintenant je le vois. Et je peux te dire une chose: Il est bon et prévenant et il aime la vie. Et le fait qu'il soit négligé ne veut rien dire pour moi. Je l'aime bien. Et j'irai au barbecue pour essayer de le connaître mieux.''

L'odeur du feu de bois était toujours attrayante; elle lui rappelait l'époque où ils vivaient à la campagne. A présent, toutes sortes d'odeurs arrivaient de la plage jusqu'au terrain de camping, apportées par le vent léger en provenance de la mer. Clare levait le nez pour humer l'arôme des saucisses et des braises, en espérant que Ned ne tarderait pas à venir la chercher pour l'emmener sur la plage. Il y avait déjà beaucoup de monde là-bas; elle entendait des voix joyeuses, graves et aiguës, jeunes et vieilles, fortes et ténues. Les sons étaient des choses vraiment merveilleuses, pensa-t-elle: ils étaient si nombreux, si différents et si chargés de sens!

''Tu viens?'', demanda son père.

''J'attends Ned'', expliqua-t-elle.

''Nous te retrouverons là-bas, dans ce cas'', dit sa mère, en lui effleurant les cheveux au passage. ''N'oublie pas de te couvrir chaudement. Il risque de faire froid dans la soirée.'' Sa voix se perdit dans le lointain et Clare se retrouva seule, entourée d'un méli-mélo de sons, confus d'abord mais prenant chacun, petit à petit, une identité propre.

''Tu as mis le temps'', dit-elle en entendant Ned arriver de la caravane voisine.

''Je suis là, maintenant.'' Il ne lui avait manifestement pas pardonné son comportement de ce matin.

''Ça va être amusant'', dit-elle, tandis qu'ils descen-

16

daient vers la plage. "Et je meurs de faim." Les odeurs émanant du barbecue aiguisaient son appétit, et elle se pourléchait à l'avance. La soirée avait été organisée par les maîtres nageurs de la station et ils élevaient la voix pour vendre leur marchandise, avec cet accent local qu'elle trouvait si réconfortant. Quand ils se furent servis de saucisses et de petits pains, Ned et elle s'assirent sur le sable pour manger. Non loin d'eux, un groupe de jeunes gens chantaient une vieille chanson en s'accompagnant à la guitare.

"Tu veux aller près d'eux?", demanda Ned, mais Clare était bien là où elle était, elle savourait l'animation et la gaieté de ce rassemblement.

"Eh bien, jolie demoiselle", entendit-elle, et elle sut que Reuben se tenait devant elle. Elle tapota le sol à côté d'elle.

"Asseyez-vous", dit-elle.

"Si votre bon ami n'y voit pas d'inconvénient?"

"Ce n'est pas mon bon ami", fit Clare avec indignation, et elle le regretta aussitôt. Elle leva la main et toucha la joue de Ned. "C'est un ami tout court."

"Ça m'est égal", fit Ned. "Faites comme vous voulez."

"Alors, je me joins à vous", dit Reuben, et Clare sentit son épaule frôler la sienne quand il s'assit.

"Prenez une saucisse."

Elle tendit son assiette, et il en prit une en faisant claquer ses lèvres.

Les chanteurs avaient entamé une nouvelle chanson et Reuben l'entonna à son tour:

"Jem Paynter était un vaillant contrebandier
Qui naviguait sur la mer de Cornouailles
Pour rapporter au seigneur de l'eau-de-vie
Et à sa dame du thé.

Il risquait sa vie pour ramener les tonnelets,
Il bravait vagues et tempêtes,
Mais par un jour funeste,
Les gabelous l'expédièrent en enfer.

Le diable préleva son dû ce jour-là:
On ramena son corps à l'aube,
Son âme s'était envolée,
Sa veuve resta inconsolée.

On dit qu'il continue à ramener ses tonnelets.
C'est une chose terrible à voir:
Un fantôme débarquant de l'alcool de contrebande,
Et - plus horrible encore - du thé!''

Il termina sur un petit rire.
"C'est moi qui ai écrit ça, il y a des années. C'est mon
petit-fils qui joue de la guitare, ou de je ne sais quoi.''
"Il y avait des contrebandiers par ici?'', demanda
Clare. Elle en avait entendu parler mais ne croyait pas
tout ce qu'on lui avait raconté.
"Des contrebandiers, mon cœur? Mais les pauvres
gens ne vivaient que de ça. Ça n'était pas un péché,
en ce temps-là, d'essayer de rouler les douaniers.''
"Et Jem Paynter, a-t-il vraiment existé?''

Pendant un instant, Reuben garda le silence. Les chanteurs avaient entonné un autre refrain, et il paraissait les écouter. Puis il dit: "Oh, ma foi oui, il y a eu un Jem Paynter, mais il s'appelait James en fait. Vous trouverez sa pierre tombale dans le cimetière du village voisin. Ça a été une ben triste chose, surtout pour Jos, son garçon, ouais, ben triste." Il ne semblait pas avoir envie d'en dire davantage. "J'vous raconterai tout ça un aut'jour, si vous voulez, mais pas ce soir. Ce serait dommage de gâcher une aussi belle soirée."

Clare poussa un soupir de satisfaction, ses sens comblés par tous ces bruits, ces odeurs et ces saveurs; à côté d'elle, elle sentait la présence de son ami Ned. Lui aussi paraissait content. Mais Reuben était parti, peut-être dans l'intention de trouver quelqu'un d'autre pour lui offrir une saucisse ou deux.

 # Chapitre 3

Le lendemain, le temps changea, et une brume froide arriva de la mer, si bien qu'il était plus agréable de rester au chaud dans la caravane. Mais au bout d'un moment, Clare en eut assez et alla demander à Ned de l'accompagner en promenade. Il accepta avec plaisir. Bien qu'il n'en eût rien dit à Clare, elle savait qu'il ne s'entendait pas du tout avec son père. Elle avait entendu ce dernier se demander, en parlant de Ned, quand il allait "faire quelque chose d'utile, pour changer". Ned l'avait également entendu et s'était détourné, en faisant semblant de ne pas s'en soucier. Il était donc heureux de fuir la caravane et de tenir compagnie à Clare.

Et elle aussi était heureuse de sentir Ned auprès d'elle. Elle glissa son bras sous le sien et le laissa régler leur allure. Elle aimait le toucher rugueux du pull qu'il portait pour se protéger du froid. Elle devina que c'était sa mère qui l'avait tricoté et demanda à Ned quels motifs le décoraient.

"Rien d'intéressant", dit-il.

"Décris-les moi", insista-t-elle.

"Rien que des ronds et des carrés."

"Comme on les fait aux îles Shetland, sans doute."

"Je suppose que oui." Mais il semblait incapable de comprendre pourquoi elle avait besoin de savoir cela, pourquoi elle s'intéressait toujours à des choses qui lui paraissaient aller de soi.

"Je veux aller à l'église", dit-elle. "Allons voir si nous trouvons la pierre tombale dont le vieux Reuben nous a parlé."

Comme ils traversaient le village, puis empruntaient le chemin qui descendait à travers les dunes jusqu'au village voisin, St-Médoc, où se trouvait l'église, la brume commença à se lever et le soleil à darder ses rayons. Par endroits, le sentier qui serpentait entre les fougères se rétrécissait tellement que Ned devait passer devant, suivi de près par Clare. L'air était chargé de senteurs de toutes sortes et quand ils arrivèrent au sommet de la crête, ce fut comme si une fenêtre s'était ouverte, tant le contact du vent sur ses joues était frais. Elle savait qu'on devait avoir une vue superbe sur la mer, depuis les falaises, car elle percevait l'immensité de l'étendue qui s'ouvrait devant elle.

"Raconte-moi", dit-elle.

"Quoi?" Ned semblait ne pas comprendre.

"Que voit-on?"

"Le ciel, l'océan à perte de vue, et un bateau à l'horizon. La brume s'est dissipée. La journée sera belle. Nous pourrions peut-être aller à la plage, finalement."

"Autant continuer jusqu'à l'église, puisque nous sommes venus jusqu'ici. Je veux savoir si Reuben disait la vérité."

"Je ne pense pas que ce vieux bonhomme sache ce qu'est la vérité", répliqua Ned. "Je ne crois pas un mot de ce qu'il raconte."

Ils reprirent leur chemin, escaladant les dunes, et parvinrent enfin au village de St-Médoc. Le calme régnait dans les rues, qui semblaient préservées de l'invasion des vacanciers. Elles étaient pavées de cailloutis, et à un moment Clare trébucha et dut se retenir à Ned pour ne pas tomber. Quand ils passèrent devant la boutique du fruitier, l'odeur des pêches mûres éveilla en elle une faim soudaine. Elle en acheta deux et ils repartirent à pas lents, en dégustant les fruits juteux; tout à coup, Ned s'immobilisa.

"L'église", annonça-t-il. "Mais nous ne pouvons pas aller plus loin, parce qu'il y a un enterrement."

Clare entendait, à quelque distance de là, le murmure des prières ponctuées par des "Amen".

"Nous ferions mieux de revenir plus tard", dit Ned. Mais la cérémonie paraissait terminée car, alors qu'ils faisaient demi-tour, Clare entendit les gens sortir du cimetière, puis se rassembler un instant au dehors, parler à voix basse, et enfin s'éloigner. Quelque part dans le voisinage, des voitures démarrèrent, puis ce fut le silence.

"Pouvons-nous entrer à présent?", demanda Clare.

"Il y a encore un homme devant la tombe. Ça doit être le fossoyeur."

"Entrons quand même", dit Clare. "Je veux trouver la tombe de James Paynter."

Le chemin du cimetière était recouvert de gravier qui crissait sous leurs pieds; Ned examinait les pierres tombales, cherchant le nom de Paynter.

"C'est inutile", finit-il par dire. "Il y en a tellement!"

"Demande au fossoyeur. Il devrait savoir." Clare entendait le bruit de la pelle creusant la terre, et le léger sifflotement de l'homme. Elle reconnut l'air: c'était celui que Reuben avait chanté la veille. Et, quand Ned l'amena jusqu'à la tombe fraîchement creusée, d'où montait l'odeur écœurante des lys, elle entendit la voix de Reuben la saluer. C'était lui le fossoyeur.

"C'est vous", fit-il. "Il m'avait bien semblé reconnaître mon ondine."

"C'est vous qui faites tout, dans la région?", questionna-t-elle.

"Des petits boulots, comme celui-ci." Il jeta une autre pelletée de terre dans la fosse. "C'est triste qu'elle soit partie, mais elle a eu une bonne vie. J'lui ai fait la cour, dans le temps, quand elle était jeune." Il se tut et Clare se dit qu'il devait être appuyé sur sa pelle, plongé dans ses souvenirs.

"Z'êtes venus voir la tombe de James Paynter?", reprit-il. "Je vais vous conduire. Mon travail peut attendre un moment. Il ne peut plus rien lui arriver de mal, à présent."

Clare sentit une grosse main durcie par le labeur s'emparer de la sienne.

"Venez donc avec moi", dit Reuben. "Vous aussi", ajouta-t-il à l'adresse de Ned.

Elle laissa Reuben la guider à travers l'herbe haute jusqu'à ce qu'il s'arrête et dise: "Nous y voilà, tout comme j'vous l'avais dit. Lisez, jeune homme. Lisez à haute voix."

Ned hésita, et Clare comprit qu'il n'aimait guère voir Reuben prendre le commandement.

"Lis, Ned, s'il te plaît", fit-elle. "Dis-moi ce qui est écrit."

Ned toussa et lut: "A la mémoire de James Paynter, tué d'un coup de fusil à l'âge de trente-cinq ans par un Officier des Douanes, le soir du 28 août 1814. Il y a aussi un poème, mais je n'arrive pas à le lire."

"Voici ce que ça dit", coupa Reuben, et il récita d'une voix solennelle:

"La balle frappa juste, mettant fin à sa vie.
Vers son Créateur il s'en retourna ainsi,
Ayant déchargé sa cargaison, payé son dû,
Sous la terre pour toujours il est étendu."

"Ce n'est pas un très bon poème", commenta Ned.

"Mais il raconte toute l'histoire", dit Reuben. "On ne peut pas en demander davantage."

"Que s'est-il passé?", interrogea Clare.

"Paynter et son équipage ont été surpris par les douaniers. On dit que l'un des matelots l'avait dénoncé. Paynter n'était pas un homme commode, il ne supportait pas les imbéciles. Mais la plupart de ses hommes étaient loyaux. Il suffit d'un seul..."

"Que passaient-ils en contrebande?"

24

"Tout ce qui pouvait leur rapporter un bénéfice, mon cœur, des soieries, des alcools, et même du thé. Il fallait payer des taxes sur toutes ces choses-là. Y a une grotte par-là, qu'on ne peut atteindre qu'à marée basse, et qu'on appelait la Boîte à Thé de Caleb. C'est là qu'ils cachaient les marchandises. C'est là que Paynter se fit prendre, c'est là qu'il fut abattu." Clare sentit à nouveau sa main sur la sienne et elle le suivit, tandis qu'il l'entraînait un peu plus loin.

"Voici où son fils est enterré. Pauvre Jos. Il a vécu encore des années après ça. Jamais pu oublier ce jour. Il était avec son père, voyez-vous, quand ils ont essayé de passer cette cargaison en fraude. C'était la première fois que son père l'emmenait."

"Comment savez-vous tout ça?", l'interrompit Ned.

"Ma foi, on en parlait forcément dans le coin. Et on peut encore le voir errer à la nuit tombée."

"Qui?", fit Ned d'un ton sceptique.

"Mais Jos, le fils! Il paraît qu'il a l'aspect d'un garçon de quatorze ans, pourtant il avait quatre-vingt-neuf ans quand il est mort. Vous pouvez le voir sur sa tombe."

Ned lut à haute voix: "Joseph Paynter, 1800-1889."

"C'est tout ce qui est écrit?", demanda Clare.

"C'est tout", répondit Reuben. "Pourtant, il y aurait beaucoup plus à dire."

Ned prit le bras de Clare.

"Viens, Clare. Rentrons. J'ai envie d'aller nager."

Mais Clare voulait en savoir davantage sur Jos Paynter qui avait vu les douaniers abattre son père.

"Qui le voit?", demanda-t-elle.

"Des jeunes, surtout."

"Et à quel moment?", poursuivit Clare.

"A la pleine lune, pendant les grandes marées, comme la nuit où Jem Paynter a été tué, à ce qu'on dit."

"Pourquoi?"

"Z'êtes sacrément curieuse", dit Reuben. "Posez-vous toujours autant de questions?"

"Viens, Clare." Ned posa sa main sur le bras de Clare mais elle se dégagea.

"L'avez-vous vu?", demanda-t-elle à Reuben.

"Une fois. Mais partez donc, mon cœur. Votre jeune ami s'impatiente. Je vous reverrai plus tard, sûrement. Polgwidden n'est pas bien grand."

"Tu ne devrais pas l'écouter", dit Ned d'un ton réprobateur tandis qu'ils revenaient vers le camping. "Bien sûr qu'il a vu le fantôme. Et je peux te dire quand: en sortant du pub du village!"

"Moi, je le crois", dit Clare, même si elle ne pouvait dire pourquoi.

"Moi pas", déclara Ned. "Ce sont des absurdités."

"Tu ne croyais pas ce qu'il avait dit au sujet de James Paynter, et pourtant tu es bien obligé d'admettre que c'était vrai."

"Vrai qu'il a été tué par un Officier des Douanes, mais c'est tout." Ned trahissait la colère qu'il ressentait en accélérant le pas, elle trébucha alors contre une touffe de bruyère et tomba.

"Ouille!" La bruyère la piqua. Elle resta assise, haletante et indignée par le manque de prévenance de

Ned, mais il l'aida à se relever, contrit.

"Excuse-moi", dit-il. "Reuben est peut-être un type bien, après tout."

Ils regagnèrent lentement le terrain de camping, sans échanger un mot. Clare pensait au récit de Reuben. Sans doute l'histoire avait-elle été racontée des milliers de fois au fil des années, depuis la mort de James Paynter, et avait-on ajouté un nouveau détail à chaque fois, pour l'embellir. Elle n'en était pas moins intéressante; la prochaine fois, elle demanderait à Reuben de lui dire tout ce qu'il savait. Il faudrait qu'elle le rencontre seule. La présence de Ned ne faisait que le distraire.

L'après-midi, Ned et sa famille allèrent faire des achats à Truro. Clare et ses parents lézardèrent sur la plage.

Ce fut là que Reuben la retrouva. Elle se demanda s'il la cherchait, car à peine fut-il arrivé et eut-il salué le père et la mère de Clare qu'il se mit à parler de Polgwidden et de son passé. Il apparut qu'il avait fait la connaissance de ses parents le soir précédent, lors du barbecue, et qu'ils étaient aussi fascinés que Clare par sa personnalité.

"C'est un endroit ravissant", dit la mère de Clare. "Je vous envie de vivre au bord de la mer."

"Elle est assez calme, en ce moment", dit Reuben. "Mais il y a des jours où elle est aussi sauvage qu'un taureau furieux, tout aussi écumante et enragée. Elle est trop dangereuse à affronter, dans ces moments-là, il vaut mieux se mettre à l'abri. Quand le vent souffle et que la mer se déchaîne, **vous** seriez surpris de voir à quel point l'endroit est différent. Il n'y a plus aucun abri sûr pour les bateaux le long de cette côte, et j'en ai vu plus d'un se briser contre les rochers du Chaudron du Diable.''

"Le Chaudron du Diable?", répéta le père de Clare.

"Ouais. C'est la baie qui se trouve de l'autre côté de cette pointe. Aux vives-eaux, quand la marée est basse, vous pouvez la contourner, si le cœur vous en dit. C'est là qu'se trouve la Boîte à Thé de Caleb, ma jolie.'' Il adressa cette dernière remarque à Clare. "Mais ce n'est pas un endroit très plaisant, sauf pour passer une heure ou deux. Et la mer est féroce et capricieuse. Comme une femme.'' Il rit. "Changeante. Qui n'en fait qu'à sa tête. On ne peut jamais savoir ce qu'elle prépare.''

"Comme vous y allez!", fit la mère de Clare en riant.

"Je parle sérieusement'', dit Reuben, "du moins, en vous mettant en garde contre la mer. Vous autres, les gens de la ville, vous ne la respectez pas comme nous, vous ne la craignez pas comme vous le devriez. Je dis des tas de bêtises par moments, je le sais bien, mais pas en ce moment. Si vous vous tenez sur la falaise au-dessus du Chaudron du Diable, vous entendrez le diable rugir, la mer s'engouffrer dans la Boîte à Thé de Caleb, fouillant tous les recoins, à la recherche de l'âme des marins morts; en écoutant bien, vous pourrez entendre le gémissement d'un mourant, et, parfois, à ce qu'on dit, les appels au secours d'un garçon blessé.''

Le silence s'installa soudain sur la plage; on n'entendait plus les voix d'enfants en train de jouer, ni les chants, ni les rires, pas même le bruit des vagues déferlant sur le rivage. Clare était prisonnière d'un cocon de silence, tissé par les paroles de Reuben, sourde à tout le reste, absorbée par la vision qu'il avait fait surgir. Elle frissonna.

Une mouette cria, un enfant pleura, une femme appela une amie, et tout redevint normal, en apparence.

"Je suis désolé", dit Reuben. "Je ne voulais pas vous effrayer comme ça, seulement vous mettre en garde, vous dire de faire attention à ce que vous faites, où vous allez."

"Clare est une fille raisonnable", dit sa mère.

Clare restait assise, les bras autour des genoux; elle savait que Reuben la regardait.

"Faites attention", répéta-t-il. "Faites attention."

 Chapitre 4

Clare avait toujours su qu'elle devait se méfier de la mer et elle n'y entrait que s'il se trouvait quelqu'un auprès d'elle, sa mère, qui était une très bonne nageuse, ou Ned, qui restait toujours à proximité. Elle savait à quel point la mer pouvait être dangereuse, mais elle ne lui était jamais apparue telle que Reuben l'avait décrite, pareille à ''un taureau furieux, tout aussi écumante et enragée''.

Elle raconta à Ned ce qu'avait dit Reuben, et lui demanda de l'accompagner sur les falaises au-dessus du Chaudron du Diable, afin d'entendre les bruits effrayants décrits par Reuben.

La réalité correspondait en tout point au récit du vieil homme. Tandis que la mer déferlait sur la baie, Clare se dit que les bruits qu'elle entendait auraient pu être les cris de marins en détresse; le martèlement de la mer sur les rochers n'étouffait pas complètement la plainte grêle montant des profondeurs.

''Allons-nous en'', dit-elle. ''C'est horrible.''

''Je comprends pourquoi on appelle ça le Chaudron

du Diable'', dit Ned. ''La mer bouillonne comme si quelqu'un la remuait furieusement sans s'arrêter.''

Même ici, sur la falaise, Clare sentait les embruns et goûtait le sel sur ses lèvres; puis elle crut percevoir un appel au secours, une petite voix à peine audible dans le tumulte, s'éteignant par moments, puis se faisant entendre à nouveau.

''Qu'y a-t-il?'', demanda Ned quand elle se tourna vers lui et lui agrippa le bras, prise d'une frayeur soudaine.

''As-tu entendu?''

''C'est à peine si je peux t'entendre, toi, par-dessus le bruit des vagues'', cria-t-il.

''Moi, j'ai entendu.''

''Quoi?''

Mais elle était incapable de lui expliquer. Le bruit avait cessé et elle ne se rappelait plus à quoi il ressemblait; tout ce qu'elle savait, c'était qu'elle en avait gardé un sentiment d'anxiété et de malaise. Elle fut heureuse de retrouver le terrain de camping avec ses bruits joyeux et familiers et les odeurs de cuisine s'échappant des tentes et des caravanes.

''Bonne promenade?'', questionna sa mère.

Clare ne répondit pas; elle demeurait sous l'emprise de ce cri à demi oublié. Elle aurait aimé pouvoir le situer dans sa mémoire; il avait un rapport avec le récit de Reuben. Mais cela lui échappait.

''Tout va bien, Clare?'', demanda sa mère.

''Oui, bien sûr.'' Et c'était vrai. Elle se tourna vers Ned et déclara avec enthousiasme:

"Ce soir, je veux que tu m'aides à trouver la Boîte à Thé de Caleb. La marée sera basse et nous pourrons contourner la pointe."

"Rappelle-toi ce qu'a dit le vieux Reuben", l'avertit sa mère. "On ne peut y rester que très peu de temps. Il faudra surveiller la marée, Ned. Je n'ai pas envie d'envoyer un canot de sauvetage pour vous tirer de là."

Elle faisait semblant de plaisanter, mais Clare sentit qu'elle était inquiète.

"Nous ferons attention, Maman", dit-elle. "Je ne commettrai pas d'imprudence."

Ils durent attendre un bon moment, le soir venu, que la mer se fût retirée suffisamment pour qu'ils puissent contourner la pointe, puis escalader les rochers pour fouler enfin le sable propre et dur de la baie. Elle n'avait plus rien du Chaudron du Diable, à présent.

"Combien de temps avons-nous devant nous, à ton avis?", demanda Clare.

Ned réfléchit un instant.

"La mer ne va pas descendre davantage, donc nous n'avons guère de temps."

"Mais assez pour trouver la grotte, la Boîte à Thé de Caleb, j'espère." La voix de Clare résonna dans l'étroite crique. Ned lui prit la main et, ensemble, ils se hissèrent sur une corniche de galets.

"Est-ce que c'est ici?", demanda Clare. "Vois-tu une grotte?"

"C'est bien ici", répondit Ned. "Mais je crois que nous ferions mieux de ne pas y entrer."

"Pourquoi?" Clare avança, gravissant les éboulis, résolue à pénétrer dans la grotte, même pour un bref instant. "Viens, Ned. Je ne peux pas y aller sans toi."

"Je crois que c'est dangereux."

"Est-ce que la mer remonte?"

"Non, mais ça ne va pas tarder. Il faudra faire vite."

"Nous n'irons pas loin." Elle tendit une main et il lui prit le bras avec réticence pour la guider jusqu'à l'entrée de la grotte. Ils firent quelques pas à l'intérieur. L'écho y était plus dense et Clare poussa un cri pour s'en assurer.

"Oh-h-h-h." L'écho se transforma en une faible plainte qui s'en alla mourir dans les profondeurs de la grotte.

"Salut!", cria à nouveau Clare.

"U-u-u-u", répondit l'écho.

"Partons", implora Ned.

"Tons-ons-ons." L'écho se tut et un profond silence s'établit. C'est ici que c'était arrivé, se dit Clare; c'est ici que James Paynter avait été pris au piège et qu'il avait été abattu. Ici que Jos, son fils... qu'était-il arrivé à Jos?

Ned lui prit fermement le bras et l'entraîna au-dehors. "Tu as promis de faire attention", dit-il.

"Tion." L'écho mourut derrière eux. Ils se retrouvèrent à l'air libre. La marée commençait à monter. Le bruit des vagues était plus proche et le goût du sel dans l'air plus prononcé.

"Viens vite", répéta Ned, et elle comprit qu'il était inquiet. "J'ai promis à ta mère de veiller sur toi."

"Je suis assez grande pour veiller sur moi-même", dit Clare, mais elle savait qu'elle avait besoin de Ned pour contourner à nouveau la pointe et regagner la plage.

"Il va falloir barboter", dit-il. "L'eau monte très vite." Il l'aida à escalader les rochers, la mer leur léchait les chevilles. Ils se retrouvèrent sur le sable sec.

"J'espère que tu es satisfaite", fit Ned.

"Satisfaite de quoi?"

"J'espère que tu n'as plus envie d'explorer cette grotte. Elle est dangereuse."

"Nous aurons davantage de temps à la fin de la semaine, au moment de la grande marée. Reuben dit qu'à ce moment-là, on peut y entrer sans danger."

"Reuben!"

"Il connaît bien la région. Je lui ai parlé et il dit qu'on peut y rester une heure ou deux à la marée de vives-eaux. Nous y retournerons à ce moment-là."

"Pas moi", dit Ned. "Je n'en vois pas l'utilité."

"C'est la Boîte à Thé de Caleb", expliqua Clare.

"Je sais."

"Nous pourrions peut-être découvrir quelque chose."

"Sur ce qui s'est passé il y a plus de cent cinquante ans? Quelle absurdité!"

Clare savait qu'il avait raison mais sa curiosité ne serait assouvie que lorsqu'elle aurait exploré la grotte. Elle irait avec ou sans Ned, pensa-t-elle, tout en sachant qu'elle aurait besoin de lui.

"S'il te plaît", dit-elle en lui pressant fortement la main.

"Nous verrons", marmonna-t-il, et elle dut se contenter de cette réponse.

Il faisait nuit quand ils parvinrent au terrain de camping et ils restèrent dehors, respirant l'air du soir. Leurs parents étaient tous réunis dans la caravane de Ned, bien plus grande et plus luxueuse que celle que les parents de Clare avaient pu se permettre. Ils semblaient jouer à un quelconque jeu de cartes, mais sans y mettre trop de sérieux car, de temps à autre, un éclat de rire fusait. Le père de Ned racontait des histoires qui faisaient glousser les deux femmes et hurler de rire le père de Clare.

Ned ruminait en silence.

"Qu'y a-t-il?", demanda Clare.

"Il est toujours comme ça avec les autres gens", dit Ned. "Je ne le supporte pas."

Clare ne dit rien. Le père de Ned lui paraissait quelqu'un de très bien, mais les gens se comportent différemment quand ils sont en vacances. Elle savait que Ned avait deux frères plus âgés, qui visitaient l'Italie ensemble. Peut-être Ned était-il contrarié d'être resté avec ses parents, peut-être était-ce pour cela qu'il était si maussade vis-à-vis de son père.

La conversation à l'intérieur de la caravane avait changé de sujet, le ton était plus sérieux; Clare devina qu'ils parlaient d'elle. Elle n'avait pas envie d'écouter.

"Elle a l'air d'une fille tellement raisonnable et intelligente", dit monsieur Watson. "Quel dommage! Quand cela s'est-il produit?"

"Lorsqu'elle avait cinq ans", répondit la mère de Clare.

"Et elle est également si courageuse, si aventureuse", reprit monsieur Watson.

"J'en serais malade d'inquiétude, de la voir faire tout ce qu'elle fait toute seule", dit madame Watson.

"C'est mieux ainsi!", dit la mère de Clare. "J'avoue que je me fais parfois du souci, mais je ne veux pas l'en empêcher."

"C'est le contraire de Ned", reprit monsieur Watson. "Il n'a aucun cran."

Ned se leva brusquement et s'éloigna. Clare le suivit en hésitant, guidée par le bruit de ses pas. Il l'attendait devant la brèche dans la haie.

"Quand irons-nous?", demanda-t-il.

"Où ça?"

"Explorer la grotte, la Boîte à Thé de Caleb."

"La marée des vives-eaux est dans un jour ou deux, je crois. Tu peux le vérifier sur une table des marées", dit Clare, surprise par ce revirement.

"Nous aurons besoin d'une lampe de poche. Je prendrai la nôtre. Ne dis à personne ce que nous préparons. Ils risqueraient de nous en empêcher."

Il semblait aussi déterminé à aller dans la grotte qu'il était réticent auparavant.

"Tu vas bien?", demanda Clare.

"Bien sûr. Pourquoi ça n'irait pas?"

La plupart du temps, Clare se contentait de rester allongée sur le sable, à paresser et à profiter du soleil et des bruits des vacanciers autour d'elle. Les gens qui venaient à Polgwidden aimaient les vacances tranquilles en famille. Il n'y avait ni salles de jeux ni attractions foraines. La mer, les rochers, le sable et le soleil suffisaient à leur distraction. Clare travaillait tellement pendant l'année scolaire qu'elle appréciait de pouvoir rêvasser, méditer et se détendre pendant les vacances.

Et Polgwidden était l'endroit idéal pour cela. Quand Reuben vint à nouveau la retrouver sur le sable, elle lui demanda ce que signifiait ce nom. Il pensait que cela venait d'un terme cornique signifiant mare blanche.

"A cause du Chaudron du Diable, m'est avis", dit-il. Il avait trouvé un galet d'une forme intéressante en ramassant des épaves et il le mit dans la main de Clare. "Dites-moi", reprit-il, "dites-moi à quoi il ressemble, d'après vous."

Clare tourna le galet entre ses doigts. Il était petit. Il pouvait tenir tout entier dans sa main. La mer l'avait poli et façonné et, en le palpant, elle se demanda combien de marées l'avaient balayé, de quelle roche-mère il s'était détaché.

"Eh bien?", questionna Reuben. "Est-ce qu'il vous dit quelque chose?"

Elle ne pouvait le dire. Il présentait tellement de formes, entre ses mains.

"Eh bien?", répéta-t-il.

"Quelle est sa couleur?"

"Bleu, vert, noir, ambre. Il y en a tant. C'est de la

serpentine. On l'appelle comme ça parce que ça ressemble à une peau de lézard."

"Il doit être très beau. Il a tant de formes et de significations. Il est si vieux."

"Je savais que vous comprendriez. Gardez-le. C'est un talisman. Un porte-bonheur."

Il s'était sans doute étendu près d'elle car au bout d'un moment, elle entendit un léger ronflement. Elle aurait voulu lui demander de lui en apprendre plus sur le jeune Jos Paynter, mais elle ne voulait pas le déranger. Elle aussi se sentait somnolente, à cause de la chaleur et des ronflements de Reuben.

"Réveillez-vous", entendit-elle, et elle émergea d'un rêve étrange où des formes grises étaient tapies dans les recoins sombres d'un immense bâtiment à voûtes.

"Réveillez-vous." C'était Reuben. "La marée est en train de monter, mon cœur. Vous allez vous mouiller si vous ne vous dépêchez pas." Il l'aida à se relever.

"Te voilà!", entendit-elle sa mère s'écrier. "Je me demandais où tu étais passée. La mer est bien plus haute que d'habitude."

"C'est la marée des vives-eaux. La plus haute de l'année", expliqua Reuben.

"Quand est-elle à son plus haut, et à son plus bas?", demanda Clare.

"Après-demain. La marée sera basse, un peu après six heures du matin. Vous préparez quelque chose?"

"Non", répondit-elle, se rappelant la promesse faite à Ned. "Non, ça m'intéresse, c'est tout."

"Faites attention, mon cœur. Faites attention."

Chapitre 5

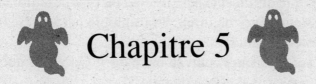

"C'est une jolie pierre", dit la mère de Clare. "L'as-tu trouvée sur la plage?"

"C'est Reuben qui me l'a donnée. Il a dit que cette roche s'appelait serpentine."

"Quelle impression te fait-elle?"

"C'est ce que Reuben m'a demandé, et je n'ai pas su le dire. Elle semblait changer de forme entre mes doigts."

"Sais-tu à quoi elle me fait penser? A une mère berçant son enfant. Touche-la, et dis-moi si tu imagines la même chose."

Sa mère et elle jouaient souvent à ce genre de jeu, et parfois Clare croyait comprendre tout à fait ce que sa mère voulait dire. Mais cette fois, elle trouva la chose difficile. Elle ne pensait pas même avoir vu une mère tenant son bébé, à l'époque lointaine où elle voyait encore. Elle essaya de se rappeler si elle avait déjà vu une image représentant ce type de scène, mais aucune ne lui vint à l'esprit.

"Non", dit-elle. "Ce n'est qu'une forme belle et lisse.

Reuben a dit que c'était un talisman porte-bonheur.''
Elle entendit son père siffloter au-dehors. Il était allé
au point d'eau pour remplir le bidon. Elle l'entendit
héler quelqu'un et le père de Ned lui répondre. Elle ne
put s'empêcher de dire: "Pourquoi le père de Ned le
déteste-t-il tant?''

Il y eut un silence, puis sa mère dit: "Qu'est-ce qui te
fait penser une chose pareille?''

"Nous l'avons entendu hier soir. Il disait que Ned
n'avait pas de cran.''

"Ned l'a-t-il entendu?''

"Oui. Nous ne cherchions pas à vous écouter. Nous
n'avons pas pu faire autrement.''

"Je crois que la mère de Ned le dorlote trop. C'est
son dernier. Elle n'arrive pas à couper le cordon om-
bilical. Et son père pense que c'est mauvais pour lui.
Sans doute estime-t-il qu'elle le gâte.'' Elle rit. "Elle
trouve que nous sommes fous de te laisser libre d'aller
et venir à ta guise. Je lui ai dit que je trouvais préféra-
ble que tu sois si active.''

Clare était heureuse que sa mère ne la dorlote pas,
qu'elle l'ait toujours encouragée à se débrouiller seule, tout en restant en permanence prête à lui venir en
aide.

Elle eut envie de parler à sa mère de la Boîte à Thé de
Caleb et de sa décision de l'explorer, mais elle avait
promis à Ned de ne rien dire. Ça n'avait pas d'impor-
tance; avec Ned, elle était en de bonnes mains, et il
n'y avait aucun danger, à condition de choisir le moment propice.

Quand elle vit Ned, elle lui rapporta ce que Reuben avait dit au sujet des marées.

"La marée sera au plus bas mercredi matin, de bonne heure; on doit pouvoir se rendre dans la grotte sans risque. N'oublie pas ta torche électrique. Ça ne me servira à rien, mais toi, tu en auras besoin."

"Il n'y aura rien à voir, rien qu'une grotte."

"Tu n'as pas changé d'avis, hein?"

"Non", dit Ned. "Si toi tu as toujours envie d'y aller."

Elle n'aurait pu dire pourquoi il était si important pour elle d'explorer cette grotte, mais elle avait le sentiment que ce serait le moment fort de son séjour. Quand elle y était entrée, la veille, elle avait su que ce lieu renfermait un mystère, un mystère qu'il fallait résoudre.

"Mercredi. Après-demain", reprit Ned. "C'est le jour de notre départ."

"Oh!" Clare ne fit aucun effort pour dissimuler sa déception. Ses parents comptaient rester encore une semaine à Polgwidden. Ned allait lui manquer.

Le lendemain, mardi, fut froid et pluvieux, et Clare passa la matinée à lire puis à jouer aux échecs avec son père. Ned vint dans leur caravane et les regarda un moment, mais il finit par s'en lasser et les quitta. Il reparut après le déjeuner. La pluie avait cessé et un soleil pâle transparaissait derrière les nuages; Clare accepta volontiers d'aller se promener avec lui.

"Couvre-toi bien, Ned", lui cria sa mère. "Il ne faut pas que tu t'enrhumes."

Clare se dit que madame Watson couvait vraiment trop son fils. Elle se réjouit d'avoir une mère qui se comportait différemment.

La pluie exaltait l'odeur des haies, une odeur champêtre, propre et fraîche; Clare avait le cœur léger, mais elle sentait que Ned était malheureux. Il ne se confia pas et elle ne voulut pas le questionner, mais elle était sûre que son père y était pour quelque chose. Peut-être s'étaient-ils disputés. Parfois, quand le temps est mauvais et que les gens doivent rester enfermés à l'étroit dans leur caravane, leur humeur s'en ressent. Cela arrive même quelquefois à ses propres parents, bien qu'ils soient généralement aimables et tolérants. "Il doit y avoir des mûres dans les haies", dit-elle, s'efforçant de distraire Ned de ses pensées. "Aide-moi à les cueillir." Mais Ned refusa, déclarant qu'il y avait effectivement quelques mûres, mais qu'elles ne valaient pas la peine d'être cueillies. Elle aurait voulu qu'il cesse de s'apitoyer ainsi sur lui-même, mais, son bras sous le sien, il continua d'avancer sans rien dire tout au long du chemin.

Il s'arrêta. "Je ne sais pas si nous avons raison d'aller dans cette grotte", dit-il. "J'ai eu une drôle d'impression l'autre fois, comme si quelqu'un nous épiait. N'as-tu rien senti?"

"Si", dit Clare, "mais ce n'était rien de maléfique." Elle ne pouvait expliquer ce qu'elle avait ressenti.

"Peut-être y a-t-il encore des contrebandiers", reprit Ned. "Les gens continuent à passer des marchandises en fraude, de la drogue et d'autres choses. J'ai eu le sentiment que nous n'étions pas les bienvenus.''

''Ce n'est pas ce que j'ai senti. Je ne peux l'expliquer, mais j'ai eu l'impression que quelqu'un avait besoin de mon aide. Je sais que c'est absurde. Comment pourrais-je aider qui que ce soit? Que pourrais-je faire? Mais c'est ce que j'ai ressenti.''

''C'était bizarre'', dit Ned. ''Je n'ai rien dit. Je ne voulais pas t'effrayer, mais j'ai cru entendre un cri. Je sais que c'est faux, que tout se passait dans ma tête. Mais je l'ai entendu.''

''Moi aussi, j'ai entendu quelque chose. Dans ma tête. Mais ce n'était pas quelqu'un qui criait. Pas vraiment. Plutôt quelqu'un qui avait peur, ou qui était blessé.''

''Un animal, peut-être?''

Clare secoua la tête. Elle ne savait pas ce qu'elle avait entendu, des sons dans sa tête, ou au dehors, dans la grotte. Mais c'étaient des sons réels, et non imaginaires.

''Tu ne veux pas y retourner?'', demanda Clare. ''C'est cela que tu essaies de me dire?''

''J'irai si tu le veux. Je te l'ai promis.''

''C'est entendu, dans ce cas.'' Elle ne le laisserait pas manquer à sa promesse. ''Six heures demain matin, avant que personne ne soit levé. La marée aura juste atteint la pointe. Nous pourrons examiner les lieux autant que nous le voudrons et être de retour avant qu'on ne se soit aperçu de notre absence.''

''Si tu le dis'', fit Ned.

''Tout se passera bien, ne t'inquiète pas.''

 Chapitre 6

Clare avança une main pour attraper son réveil. Elle ne voulait pas qu'il sonne et réveille ainsi ses parents; elle espérait sortir sans qu'ils s'en aperçoivent.

Il n'était pas encore cinq heures. Il était trop tôt pour partir, mais elle était énervée et savait qu'il était inutile d'essayer de se rendormir, bien qu'il restât presque une heure avant le moment de son rendez-vous avec Ned. Elle demeura étendue dans son lit, songeant à la mort de James Paynter, se demandant pourquoi faire de la contrebande autrefois semblait une idée si romantique, alors qu'aujourd'hui c'était sordide et criminel. Ce devait être tout aussi criminel en 1814, mais un nombre élevé de gens paraissaient s'y livrer à l'époque, aussi bien des gens ordinaires que des notables, défiant ce qu'ils considéraient comme des lois injustes imposant des taxes injustes.

Cela ne servit à rien; il fallait qu'elle se lève; elle ne savait pas pourquoi elle était aussi agitée. Elle se glissa hors du lit et enfila les vêtements qu'elle avait préparés la veille, des vêtements qui lui tiendraient chaud dans le froid du petit matin et les tunnels humides de la grotte. Elle avait l'impression que la caverne était très profonde, bien qu'elle n'eût su dire pourquoi. Personne en tout cas ne le lui avait dit.

Elle ouvrit la fermeture à glissière de la tente, craignant que son léger sifflement ne dérangeât ses parents endormis dans la caravane, mais elle n'entendit aucun bruit en provenance de cette direction.

Le matin était frais et l'air humide lui mouilla la joue; elle resserra sa cagoule autour de sa tête et attendit l'arrivée de Ned, debout devant la caravane. Il régnait un tel silence autour d'elle qu'elle se sentait terriblement seule, comme si elle était le seul être vivant sur terre. Elle palpa le flanc de la caravane pour s'assurer qu'elle n'était pas un esprit désincarné flottant dans le néant. Mais la terre était ferme sous ses pieds, et elle entendit au loin l'aboiement d'un chien ou d'un renard, et, plus près, un soudain battement d'ailes.

Elle avait jusque-là retenu sa respiration et poussa enfin un soupir de soulagement. Elle n'avait pas ressenti souvent une telle impression. Elle recevait constamment des impressions, des sons, des odeurs d'une sorte ou d'une autre, mais, l'espace d'un instant, elle s'était sentie totalement seule et vulnérable.

Elle attendit Ned, en espérant qu'il ne tarderait plus, et entendit avec joie des bruits en provenance de sa caravane: une voix ensommeillée, celle de la mère de Ned, et un murmure de Ned en réponse. La porte de la caravane se referma et elle sut qu'il était près d'elle. ''Que lui as-tu dit?'', interrogea-t-elle à voix basse.

"Que j'allais aux toilettes. Je crois qu'elle s'était rendormie avant que j'ouvre la porte. Tout va bien. Ils ne se doutent de rien."

"J'aimerais être de retour avant qu'ils se lèvent. Je ne veux pas qu'ils s'inquiètent."

"Alors, partons", dit Ned. "Il y a beaucoup de brume."

"Je le sens. J'espère que tu as mis quelque chose de chaud. Il ne faudrait pas que tu t'enrhumes." Elle rit de cette tentative d'imitation de la mère de Ned.

"Ne commence pas", dit-il.

Le sable était ferme sous leurs pieds. Le bruit des vagues indiquait à Clare que la mer était encore très loin.

"Il n'y a personne d'autre sur la plage, n'est-ce-pas?", demanda-t-elle.

"Même pas Reuben. Pas âme qui vive, pour autant que je puisse voir à travers la brume."

Ils hâtèrent le pas et le bruit de la mer se rapprocha. "Pouvons-nous contourner la pointe?", demanda Clare. "La mer s'est-elle suffisamment retirée?"

"Tiens-moi bien", répondit Ned. "Nous pouvons escalader les rochers. Ce ne sera pas trop difficile."

Elle s'accrocha à sa main et il la guida à travers les rochers jusqu'à la petite crique connue sous le nom de Chaudron du Diable. Ici, l'air était plus froid que sur la plage, comme si les rayons du soleil étaient plus lents à y parvenir. Des gouttelettes de brume s'accrochaient à ses cheveux, lui donnant l'impression qu'il pleuvait. Dans la crique, l'air était si immobile et si silencieux que ce lieu semblait coupé du reste du monde, comme s'il avait une existence à part. Il possédait quelque chose de surnaturel. Elle comprenait pourquoi les contrebandiers en avaient fait leur repaire. Il devait être extrêmement difficile aux douaniers de les surprendre, à moins qu'il n'y eût un indicateur dans la bande.

Elle s'aperçut qu'ils avaient atteint la corniche de galets à l'entrée de la grotte et, un instant plus tard, l'écho lui apprit qu'ils étaient à l'intérieur de celle-ci. "Est-ce qu'elle est grande?", demanda-t-elle. Elle avait l'impression que la grotte s'étendait très loin devant elle et que sa voûte se trouvait plusieurs mètres au-dessus d'eux. Elle avait éprouvé la même sensation quand elle avait visité la Cathédrale de Truro avec ses parents, la semaine précédente. Mais la grotte ne pouvait pas être aussi vaste, bien que l'écho de sa voix parût se perdre dans l'immensité.

"Est-ce qu'elle est grande?", répéta-t-elle. "As-tu emporté ta torche électrique?"

Ned demeura un instant silencieux.

"La grotte n'en finit pas", répondit-il. "Elle est immense."

"Qu'attendons-nous, alors?" Clare était impatiente d'aller plus loin, d'explorer les lieux de fond en comble.

"Il faut que tu fasses attention", dit Ned. "Le sol est très accidenté, il y a des cailloux partout."

Le sol était également très glissant, près de l'entrée en tout cas, car, lorsqu'elle avança, Clare faillit tomber, si Ned ne l'avait pas retenue.

"Attention", dit-il. "Mais le sol est plus sec à mesure qu'on s'enfonce. La mer ne doit pas pénétrer très loin à l'intérieur."

Ils gravirent l'éboulis de rochers en jouant des pieds et des mains. Clare lâcha le bras de Ned pour se frayer un chemin à tâtons, guidée par la voix de son ami. Les rochers étaient encore humides, mais ils n'étaient plus rendus visqueux par les algues, et les parois de la caverne ruisselaient d'eau. L'écho était plus proche, comme si le passage se rétrécissait, mais demeurait interminable.

"Oh", fit Ned tout à coup.

"Qu'y a-t-il?" Elle avait perçu de la répulsion dans sa voix.

"Des ossements."

"Humains?"

"Non, des os d'animal, je crois. Prends mon bras. Je vais t'aider à les enjamber." Il lui tendit la main et, lentement, lui fit franchir l'obstacle.

"Est-ce que tu vois l'extrémité de la grotte?", demanda Clare, mais elle connaissait la réponse et ne fut pas surprise d'entendre Ned déclarer:

"Non, elle s'étend à perte de vue."

Il s'arrêta et reprit: "Il vaudrait peut-être mieux ne pas aller plus loin."

"Nous avons largement le temps", protesta Clare. "Nous ne sommes ici que depuis dix minutes."

"Ce n'est pas cela", répondit Ned. "Cet endroit me fait une mauvaise impression."

"C'est ton imagination."

Il demeura un instant silencieux.

"Ça ne me plaît pas."

"Maintenant que nous sommes là, continuons, je t'en prie, Ned. Nous ne pouvons pas renoncer aussi vite."

"Je ne comprends pas pourquoi tu veux continuer", dit Ned, et elle sut qu'il était fâché quand il ajouta: "De toute manière, tu ne peux rien voir."

Un long silence s'établit entre eux.

"D'accord", dit-elle. "Tu reviens sur tes pas et tu m'attends à l'entrée de la grotte. Je te rejoindrai quand je serai allée suffisamment loin."

"Je ne peux pas te laisser."

"Pourquoi?"

"Tu te perdrais."

"Je ne veux pas faire demi-tour."

"Entendu", fit Ned. "Mais on ne restera pas long-temps. Ce sera l'heure de rentrer, après. La marée commencera à remonter dans vingt minutes."

Clare s'estima satisfaite.

"Accordons-nous encore dix minutes, et ensuite nous reviendrons en arrière. Je te le promets."

Ned reprit la tête, Clare suivant le son de sa voix qui annonçait: "Un gros rocher droit devant. Reste sur la gauche."

De temps à autre il lui prenait la main et l'aidait à tra-verser un endroit particulièrement difficile.

"De quel côté aller maintenant, je me le demande", dit-il à un moment.

"Pourquoi?"

"Le tunnel se divise en deux, mais le passage devant nous est très étroit et très bas."

"Et l'autre?"

"Sur la droite, il y a un chemin plus large, mais plus abrupt."

"Essayons celui-là", dit Clare.

"Je crois que nous devrions faire demi-tour."

"Continuons encore un peu. Il nous reste encore du temps."

"Puisque tu le veux. Je vais avancer le premier, pour voir si ça mène quelque part. Puis je reviendrai te chercher."

Elle l'entendit escalader la pente, entendit les cailloux rouler sous ses pieds puis, répercuté par l'écho, un cri, le bruit d'une chute, et la voix de Ned, rendue aiguë par la peur et la douleur.

"Clare, Clare", appela-t-il. "Clare, où es-tu?"

"J'arrive", dit-elle, et elle rampa sur les rochers dans la direction de sa voix. Elle heurta sa tête contre la voûte du tunnel et tendit les mains pour se diriger à tâtons.

"Où es-tu?", appela-t-elle. "Continue à parler jusqu'à ce que je te rejoigne."

"Ici", dit-il. "Ici, Clare. Vite." Sa voix était remplie de terreur.

"Je suis ici", dit-elle. Elle tendit la main et toucha un pied. "Je suis ici. Que s'est-il passé?"

"J'ai glissé et j'ai laissé tomber la lampe de poche. Elle s'est éteinte. Peux-tu la retrouver? Je ne vois rien. Et ma cheville..."

"Qu'est-ce que tu as à la cheville?"

"Je ne sais pas. Elle me fait mal. Retrouve la lampe, Clare. Il fait si noir ici. Il n'y a rien. Dis-moi quelque chose. Tu es toujours là, n'est-ce pas?"

"Bien sûr. Tiens-moi la main."

"Retrouve la torche, Clare. Il nous la faut."

"Je vais devoir te lâcher", prévint-elle. "Je continuerai à parler tout en cherchant. Elle ne peut pas être loin."

"Je suis désolé, Clare. Je ne te suis pas très utile."

"Ne t'en fais pas. Je vais la retrouver." Elle s'assit sur le sol et allongea les bras, palpant le sol autour d'elle.

Elle découvrit la lampe à quelques centimètres de là, coincée dans un crevasse.

"Tu l'as, Clare?"

"Oui", répondit-elle.

"Donne-la moi vite, s'il te plaît."

Clare lui passa la torche. Il poussa un soupir de soulagement en la prenant.

"Nous sommes sauvés à présent", dit-il.

Elle l'entendit manipuler l'interrupteur à plusieurs reprises.

"Tu es là, Clare?", demanda-t-il.

"Oui." Elle lui posa une main sur l'épaule.

"Elle est fichue", dit-il. "Cassée. Et nous sommes fichus aussi."

"Ne sois pas idiot, Ned." Elle lui serra fermement l'épaule. "Bien sûr que non, nous ne sommes pas fichus."

"La torche est cassée, je te dis. Elle ne marche plus. Sans elle, nous ne pouvons rien voir."

"Tu oublies que moi, je ne vois rien même avec elle. Ça ne change rien pour moi."

"Je regrette, Clare. Je n'aurais pas dû accepter de t'amener ici. Je savais que c'était dangereux. Je t'avais dit que l'endroit avait quelque chose de maléfique." Sa voix devint stridente et elle comprit qu'il était effrayé. Elle comprenait très bien ce genre de peur. Elle resserra son étreinte sur son épaule et attira la tête de Ned vers elle.

"Nous nous en sortirons", dit-elle, aussi calmement qu'elle put. "Nous allons rentrer sans problème. Ne t'inquiète pas. Mais il ne faut surtout pas que tu t'enrhumes." Elle essaya à nouveau d'imiter la mère de Ned, mais cela ne parut pas le réconforter.

"Ce n'est pas drôle", dit-il. "Pas drôle du tout."

Elle dut le reconnaître. Ce n'était pas drôle.

"Viens", dit-elle. "Il faut revenir sur nos pas. C'est tout droit." Elle aida Ned à se relever.

"Peux-tu marcher, ou ta cheville est-elle trop abimée?"

"Je crois que ça ira." Il tressaillit en posant son pied sur le sol et s'appuya davantage sur Clare.

"Tu as mal, n'est-ce pas? Je m'en rends bien compte."

"Ça ira. Ne me lâche pas, Clare. Il fait horriblement noir."

L'inclinaison du passage renseignait Clare sur la direction à prendre, mais ils progressaient très lentement, car Ned, souffrant de la cheville, devait s'arrêter souvent. Clare se pencha pour l'examiner. Elle défit les lacets de la basket de Ned et palpa son pied. La cheville était enflée mais, bien qu'elle ne fût pas experte en la matière, elle jugea qu'il devait s'agir d'une simple foulure.

"Si nous appelons au secours, quelqu'un nous entendra peut-être", dit Ned. Il haussa la voix et cria: "Au secours! Au secours!", mais la seule réponse qu'ils reçurent fut celle de l'écho moqueur, se répercutant sur les parois de la grotte, s'éteignant et mourant dans un chuchotement.

"Continuons", dit Clare. "Nous allons nous en sortir."

"Es-tu sûre que nous allons dans la bonne direction?" demanda Ned, d'une voix presque hystérique.

"Je sais que j'ai raison. Mon instinct me le dit."

Elle ne pouvait l'expliquer à Ned, mais elle savait qu'ils étaient sur la bonne voie. Ils ne devaient pas être à plus d'une centaine de mètres de l'entrée. Puis elle entendit le bruit de la mer et sut qu'ils seraient bientôt dehors.

 Chapitre 7

Marion Gilbert s'étira et se redressa lentement.

C'est toujours agréable de se réveiller quand on est en vacances, et qu'on sait que le temps, toujours si tyrannique le reste de l'année, ne compte pas pendant cette période. Mais elle s'était réveillée plus tard qu'elle n'en avait eu l'intention: huit heures et demie. Elle poussa son mari du coude pour le tirer du sommeil.

"Je vais me doucher. Prépare-moi une tasse de thé."

Il grogna.

"Demande à Clare de le faire. Je suis encore endormi."

Marion ouvrit la porte qui donnait sur la tente.

"Elle n'est pas là. Ned et elle sont sans doute partis se promener. Ned s'en va aujourd'hui. J'imagine qu'ils veulent profiter au maximum de cette dernière matinée."

Quand elle revint de la douche, le thé était prêt et la table était mise en vue du petit déjeuner frugal qui était le leur durant les vacances. Mark Gilbert alla prendre sa douche et revint en disant qu'il avait rencontré le père de Ned.

"Ils sont en colère contre leur fils. Ils lui ont dit qu'ils voulaient partir vers midi. Il n'est pas là pour les aider à faire les bagages."

"Je ne l'en blâme pas", déclara Marion. "S'il avait été là, son père lui aurait dit qu'il ne faisait que les gêner. Il a raison de se tenir à l'écart."

"Je suis quand même surpris que Clare et lui ne soient pas rentrés pour le petit déjeuner."

"Tu sais comment est Clare. Elle a dû emporter quelque chose à grignoter en chemin. Mais j'aimerais pourtant savoir où ils sont allés."

Mark Gilbert regarda sa femme, l'air soucieux. Il y avait une note d'anxiété dans la voix de Marion. Il savait qu'elle essayait de laisser à Clare le maximum d'initiative, mais qu'elle aimait garder l'œil sur elle.

"C'est une fille raisonnable. Et Ned semble être un compagnon idéal pour elle, il sait quand il faut l'aider et quand il faut la laisser agir seule. Il n'y a rien à craindre", dit-il.

Marion se campa sur le seuil de la caravane et regarda dehors.

"Il ne fera pas beau aujourd'hui. La météo a annoncé des orages. Le temps est tellement changeant dans la région."

"Nous avons eu de la chance jusqu'à présent. Nous avons eu un temps délicieux." Mais sa femme ne l'écoutait pas. Elle se rendit à la caravane voisine, où les Watson commençaient à emballer leurs affaires.

"Aucun signe de Ned?", demanda-t-elle.

madame Watson secoua la tête.

"Ce n'est pas son habitude de manquer le petit déjeuner. Je ne sais pas ce qui lui a pris. J'espère qu'il ne tardera plus. Nous voulons nous mettre en route avant midi."

Marion Gilbert commença à se sentir un peu coupable. La mère de Ned devait penser que Clare était responsable de l'absence de son fils. Et elle était encline à être de cet avis. Clare était d'un tempérament aventureux qui avait parfois besoin d'être modéré. C'est pourquoi la compagnie de Ned lui était bénéfique. Il était doté d'une prudence naturelle qui contrebalançait la témérité de Clare. Ils se complétaient mutuellement. Elle s'apprêta à regagner sa caravane. Mais madame Watson n'avait pas terminé.

"Je présume que Clare a disparu elle aussi?"

"Disparu?" Ce n'était pas le terme que Marion aurait employé.

"Je veux dire, qu'elle n'est pas avec vous?", rectifia madame Watson.

"Non. Je suppose que Ned et elle se sont levés tôt pour faire une dernière promenade ensemble sur la plage, ou peut-être sur les falaises."

"Oh, j'espère bien que non", dit madame Watson en regardant le ciel sombre et menaçant. "Il est très fragile de la poitrine. Je ne voudrais pas qu'il se fasse surprendre par l'averse."

Marion rentra dans sa caravane et s'assit à côté de son mari.

"Elle s'inquiète pour les bronches de Ned", dit-elle.

"Et toi? Est-ce que tu t'inquiètes?"

"Oui", répondit sa femme. "J'aimerais savoir où ils sont passés. Je crois que je vais aller sur la plage, pour voir si je les aperçois."

"Et j'attendrai ici. Mais il n'y a aucune raison de s'inquiéter, j'en suis sûr."

Marion Gilbert descendit vers la plage. Elle était presque déserte. Au loin, elle vit la silhouette de Reuben Pascoe, ratissant les détritus échoués sur le sable et les empilant afin de les brûler. Elle le rejoignit; il s'appuya sur son râteau et lui adressa un sourire de bienvenue.

"Le temps change", dit-il. "La mer va se déchaîner." Il se tourna vers l'eau. "On voit qu'elle commence déjà à grossir. Elle contient en permanence une force terrible, mais quand elle devient méchante, c'est là qu'elle fait du vilain. Personne ne peut lui résister quand elle est dans cette humeur-là. Vous devriez aller sur les falaises au-dessus du Chaudron du Diable et regarder en bas. C'est un spectacle terrifiant. J'ai vu des vagues à cet endroit se soulever à trente mètres ou même plus. Dieu protège ceux qui se laissent surprendre par elles."

"Vous m'effrayez", dit Marion.

Reuben s'esclaffa.

"Vous êtes en sécurité dans votre petite caravane, avec votre gentille fille."

"Vous l'avez vue?"

"Ce matin? Non. Il y a à peu près une heure que je

suis ici, mais je n'ai vu personne, pas une âme, vivante ou morte.''

''Morte?''

''C'est une façon de parler.''

''Si vous la voyez, dites-lui de rentrer bien vite.''
Reuben la regarda avec attention.

''Vous êtes inquiète pour elle, à ce que je vois. Mais à mon avis, c'est une jeune personne capable de prendre soin d'elle-même, tout aveugle qu'elle soit. C'est une fille courageuse, madame Gilbert, et je serais fier d'elle, à votre place.''

''Je le suis, Reuben, je le suis. Mais transmettez-lui mon message si vous la voyez. Dites-lui de rentrer.''

''Je le ferai'', dit Reuben. Il se remit à entasser les détritus et elle repartit vers le terrain de camping. Le vent se leva et hurla entre les falaises, dispersant les bouteilles en plastique rassemblées à grand-peine par Reuben. Il brandit le poing et l'agita, en un geste de défi comique.

Elle espérait que Clare serait dans la caravane à son retour, mais elle n'était pas là. Ned non plus. Monsieur Watson cherchait à simuler l'indifférence, mais Marion voyait qu'il était aussi anxieux que sa femme. Mark Gilbert se tenait à la fenêtre de la caravane, contemplant le ciel qui s'assombrissait.

''Je ne suis pas content'', dit-il. ''Ça ne lui ressemble pas d'agir ainsi.''

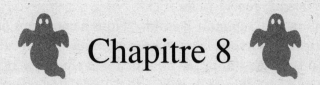

Chapitre 8

La mer semblait toute proche et, en même temps que le bruit, lui arrivait le goût salé des embruns sur ses lèvres. Elle crut même sentir des gouttelettes sur sa joue.

"Tu entends?", dit-elle.

"J'aperçois l'ouverture, maintenant." La voix de Ned était pleine de soulagement. Il était à nouveau lui-même, il n'était plus diminué par l'obscurité. "Nous sommes arrivés." Il lui avait tenu la main pour se rassurer, mais il la lâcha et elle entendit ses pas, toujours hésitants à cause de sa cheville, se déplacer sur les rochers vers l'entrée de la grotte.

Elle ne bougea pas, mais attendit qu'il revienne la chercher. Elle attendit, et s'étonna qu'il ne revienne pas. Le bruit des vagues se fracassant sur les rochers de la crique était plus proche à présent, lui apportant toutes sortes de messages, l'un dominant les autres: il était trop tard. Préoccupés par la cheville de Ned, ils avaient perdu du temps. La marée était remontée depuis longtemps, les coupant de la plage. Il s'écoulerait à nouveau douze heures avant qu'ils puissent contourner la pointe.

''Ned'', appela-t-elle, et sa voix résonna sous la voûte. ''Ned'', répéta-t-elle.

''Je suis là'', répondit-il enfin. ''Nous ne pouvons pas sortir. Nous avons laissé passer la marée. Je suis allé aussi loin que j'ai pu, je me suis fait tremper, mais il n'y a aucune chance de partir d'ici.'' Malgré la déception, il semblait beaucoup moins anxieux que tout à l'heure. ''Je crois que nous sommes en sûreté ici. Nous attendrons que la marée redescende. Viens, reculons un peu.'' Il lui prit la main et l'emmena plus loin vers l'intérieur, à l'abri de la mer envahissante. Il s'assirent sur un rocher, blottis l'un contre l'autre pour se réconforter. Il ne faisait pas froid: avec la marée montante, une bouffée d'air chaud s'était engouffrée dans la grotte.

''Tout va bien, Clare'', dit Ned, reprenant le rôle protecteur qu'elle avait assumé quelques minutes plus tôt. ''Nous allons attendre que ça se passe.''

Appuyée contre son épaule, elle sentit une rafale d'embruns sur sa joue et elle sursauta. La mer avait dû pénétrer plus avant.

''Sommes-nous en sécurité ici?'', demanda-t-elle.

''Nous ferions peut-être bien de reculer encore'', dit Ned en l'attirant quelques pas plus loin. De nouveau, la mer les suivit, rugissante, remplissant la caverne de son fracas, entourant Clare au point qu'elle aurait pu croire qu'elle allait se noyer, tant le tumulte qui la cernait lui semblait proche. Mais tout n'était pas que tumulte. Les notes sonores de la mer lui faisaient penser à un orgue d'église, sa puissante pulsation emplissant les vastes espaces de la caverne. C'était terrifiant, mais c'était beau aussi. Elle voulut demander à Ned s'il éprouvait la même chose, mais il l'entraîna à nouveau vers l'intérieur de la grotte.

"C'est terrible, ce bruit", dit-il. "Mais au moins, je peux voir quelque chose, pas grand-chose, mais un peu quand même. Je peux voir l'entrée. Nous n'avons plus qu'à attendre. Jusqu'où la mer va-t-elle monter, je me le demande?" L'incertitude semblait le gagner à nouveau.

"Je suis sûre que nous ne risquons rien ici", dit Clare. "Nous sommes déjà loin de l'entrée. La mer ne peut pas venir jusqu'ici."

Elle semblait avoir raison. Le bruit des vagues ne s'amplifia pas, et parut même décroître un peu, bien qu'elle sentît encore des gouttelettes de temps à autre.

"Combien de temps devrons-nous attendre?", demanda Ned.

"Environ douze heures, je pense."

"Est-ce que tu as faim?"

Clare n'avait pas pensé à la nourriture jusque-là, elle ne s'était pas rendu compte qu'elle était affamée, et elle regretta que Ned en ait parlé, car elle éprouva soudain l'envie féroce de manger quelque chose de sucré. Une orange aurait été la bienvenue, mais il n'y avait pas d'oranges; il n'y avait rien.

"Oui, j'ai faim", reconnut-elle. "Mais ça ne sert à rien d'y penser."

"J'aimerais manger un gros hamburger juteux, avec plein d'oignons frits dans un petit pain bien frais", dit Ned en faisant claquer ses lèvres.

"Oh, tais-toi", supplia Clare. "Je n'y pensais pas jusqu'à ce que tu en parles."

Mais Ned poursuivit, comme si l'évocation de la nourriture lui procurait un réconfort:

"Avec des frites et du ketchup. Miam. Après ça, une énorme glace au chocolat garnie de noix et de crème fouettée."

"Non, s'il te plaît", dit Clare. "Je ne peux pas le supporter."

Elle s'aperçut que la mer s'était calmée, n'élevant plus la voix que par intervalles, pour leur rappeler sa présence.

Elle s'adossa au rocher et laissa sa tête retomber sur l'épaule de Ned. Il passa son bras autour d'elle. Ils étaient à l'abri ici jusqu'à ce que la mer redescende et qu'ils puissent contourner la pointe rocheuse et regagner la plage. Elle songea brusquement à l'inquiétude que devaient ressentir ses parents. Elle ne leur avait laissé aucun message leur disant où elle allait. Ils n'avaient aucune idée de ce qui avait pu lui arriver et allaient s'imaginer qu'ils couraient toutes sortes de dangers, alors qu'en réalité ils étaient parfaitement en sûreté.

"Ta mère et ton père vont s'inquiéter à ton sujet, n'est-ce pas?", demanda-t-elle à voix basse. Mais Ned ne répondit pas et elle comprit qu'il s'était assoupi, terrassé par la douleur et l'épuisement. Elle-même était fatiguée par son réveil matinal et la tension de l'heure qu'ils venaient de vivre. Elle décida de ne pas le réveiller et bientôt sa tête roula sur l'épaule de Ned et elle s'endormit à son tour.

A midi, tout le monde sur le terrain de camping était informé de la disparition de la jeune aveugle et de son ami. Le responsable du camp avait insisté pour prévenir la police et un gros policier jovial était venu dans la caravane des Gilbert pour obtenir des renseignements sur les deux jeunes disparus. Les parents de Ned les avaient rejoints et ils étaient assis tous les cinq autour de la petite table, en se répétant qu'ils s'inquiétaient pour rien.

"Je ne me ferais pas trop de souci, à votre place", dit l'agent Thomas, un jeune homme qui, sa taille mise à part, ne semblait guère plus vieux que Ned et Clare.

"Vous dites qu'ils sont raisonnables tous les deux."

"Parfois", dit le père de Ned. "Je ne le garantirais pas."

"Vous ne vous étiez pas disputés?"

"Non", répondirent-ils tous quatre à l'unisson.

"Ils n'étaient pas..." L'agent Thomas hésita, ne sachant trop comment formuler la question suivante.

"Ils n'avaient pas de liens... euh... affectifs?"

La mère de Clare regarda son mari et éclata de rire.

"Ma foi", dit le jeune policier, "les gens en vacances ont parfois de drôles d'idées."

"Non", répondit la mère de Ned. "Vous pouvez vous sortir cette idée de la tête."

Mais l'agent s'obstina. "On ne peut jamais être sûr de ce genre de choses."

Il secoua la tête d'un air sagace. "Les jeunes gens, de nos jours, ont un comportement différent."

"Ils sont bons amis", dit la mère de Clare "mais je suis sûre que ça s'arrête là. Et même s'il y avait autre chose, ils n'auraient eu aucune raison de s'enfuir. Clare nous raconte tout." Mais, à l'instant où elle prononçait ces mots, elle se mit à douter. Elle connaissait Clare, mais est-ce qu'une fille disait toujours tout à sa mère?

"Non, ce n'est pas la raison, vous pouvez en être sûr. Ils n'ont pas fait de fugue. Ils ont dû partir en promenade et avoir eu un accident", reprit-elle.

"Ma foi", dit le jeune policier, "il est exact que sur les falaises, vers les anciennes mines, il y a des puits, mais ils sont clairement signalés. Il n'est pas vraisemblable qu'ils se soient mis en tête d'en explorer un, n'est-ce-pas? Les touristes ont parfois de ces idées…"

"Ils n'ont jamais parlé de cela. Ils sont allés à St-Médoc pour trouver une pierre tombale ou quelque chose comme ça." Marion Gilbert regarda son mari. "Dans le cimetière,", précisa Mark Gilbert. "La tombe d'un contrebandier, je crois."

"James Paynter", fit le policier. "Je ne vois pas quel danger cela peut présenter." Il ouvrit son carnet, suça la pointe de son stylo et dit: "Je ferais mieux de noter leur signalement, on ne sait jamais; mais je suis sûr qu'ils vont reparaître dès que je serai parti. Bon, commençons par le garçon."

Le père de Ned répondit: "Quatorze ans. Environ un mètre soixante-trois."

"Il est plus grand que ça", interrompit sa femme.

"Un mètre soixante-trois", répéta monsieur Watson. "Maigre."

"Svelte", corrigea madame Watson.

"Mince", fit l'agent Thomas diplomatiquement. "Que porte-t-il?"

"Quelque chose de chaud, j'espère", dit la mère de Ned. "Il a la poitrine fragile."

L'agent soupira. "Autre chose?"

"C'est un garçon charmant", dit le père de Clare. "Cheveux bruns, yeux noisette, pensif, rêveur. La démarche élastique. Plein de force, en fait."

"Il m'a l'air d'un gentil garçon", dit l'agent.

"C'en est un", dit le père de Ned. Sa femme le regarda d'un air surpris. "C'est vrai. Je n'ai jamais dit le contraire."

"Et la jeune fille?", demanda l'agent Thomas. "Pouvez-vous me la décrire?"

Les parents de Clare se regardèrent.

"Voici quelques photos", dit madame Gilbert, en sortant une enveloppe d'un tiroir. "Prises au début des vacances. Nous sommes allés les chercher hier. Cela pourrait vous aider." Elle en choisit trois ou quatre et les tendit au policier. Il les étudia.

"Ah, le vieux Reuben, je vois. Est-ce l'un de ses amis?"

"Oui."

"C'est un vieux malin. J'irai lui parler. Il sait peut-être quelque chose.'' Il regarda à nouveau les photos de Clare. ''Jolie fille. Cheveux roux?''

''Cuivrés. La couleur n'est pas bonne sur ces clichés.''

''Aveugle, dites-vous? Cela devrait faciliter les choses. Les gens remarquent ce genre de détail.''

''Ils peuvent ne pas remarquer Clare'', dit le père de Ned. ''On ne s'en douterait pas, à voir les choses qu'elle fait, sa façon de marcher. Je l'admire. Et vous aussi'', dit-il soudain à la mère de Clare. ''La façon dont vous l'encouragez.'' Il se tourna vers le policier. ''Vous allez les retrouver, Ned et elle? N'est-ce pas?''

''Ne vous inquiétez pas, monsieur. Ils vont reparaître sains et saufs, j'en suis persuadé.''.

Chapitre 9

Elle se réveilla en sursaut et pourtant elle n'était pas
sûre d'être éveillée. Elle croyait avoir rêvé, mais igno-
rait ce qui avait interrompu son rêve, et en quoi il con-
sistait. Mais elle savait à présent ce qui la rendait si
crispée, à l'affût du danger. Il y avait un mouvement
quelque part dans la grotte, un mouvement furtif...
des voix étouffées.... des murmures... un ordre... la
chute d'un objet en bois qui se répercuta en échos.
"Idiot!", dit un homme, d'une voix grave et mena-
çante. Puis un cri la fit se lever d'un bond, un cri sonore suivi d'un avertissement: "Fuyez, fuyez." Les
échos du cri furent noyés par le martèlement des pas
sur les rochers, les hurlements confus, puis un moment de silence épouvantable durant lequel Clare sentit quelque chose l'effleurer, un souffle d'air froid,
puis un autre cri résonnant dans la caverne, s'enflant
et s'éteignant ensuite.
"James Paynter", tonna la voix. "James Paynter.
Nous allons entrer. Vous n'avez aucune issue, aucune
issue."

Les mots se répandirent autour d'elle, la touchant, ébouriffant ses cheveux, cherchant le dénommé James Paynter.

Elle entendit un soupir, tout près d'elle, et sut que si elle avançait la main, elle pourrait le toucher. Un murmure se fit entendre à son oreille.

"Cache-toi, Jos. Sauve-toi. Ils ne te trouveront pas. Ils ne songeront pas à te chercher." Il y avait une deuxième personne, de l'autre côté d'elle.

"Non", répondit une voix juvénile. "Je ne partirai pas."

"Si", reprit la voix adulte. "Je les affronterai seul. Pars à présent. Fais ce que je te dis."

Elle sut que la présence l'avait quittée, l'homme plus âgé. Elle entendit ses pas, lents et mesurés, s'éloigner, et perçut d'autres pas, légers et furtifs, partir sur leur trace.

"Paynter", mugit une voix lointaine qui emplit la caverne. "Paynter. Tu ne peux rien faire, rien faire, faire."

"Je viens. Vous pouvez m'arrêter. C'est fini, je le sais. Je vais sortir."

Il y eut un rire de triomphe et une autre voix s'écriant: "Paynter! Tout est fini pour toi, maintenant, maintenant, maintenant." La voix était chargée d'une malveillance qui fit frissonner Clare de répulsion.

Puis Paynter cria: "Je me doutais bien que c'était toi, Penrose. Tu n'en tireras aucun profit. Combien de deniers d'argent t'ont-ils donnés? Ça ne te rapportera rien de bon, rien de bon, de bon."

Les échos s'étaient à peine éteints qu'il y eut un cri d'alarme, un coup de feu, un hurlement, puis une salve de coups qui explosèrent dans la grotte et se répercutèrent tout autour d'eux, comme si les balles elles-mêmes ricochaient sur les parois en sifflant; et au milieu de ce vacarme, un gémissement ténu et le cri d'un jeune garçon: "Non, papa, non!"

Un autre coup de feu, un autre cri de douleur, émanant cette fois, comme Clare le comprit, du jeune garçon. Elle frémit de peur, pour elle-même autant que pour le garçon. Le silence retomba, seulement brisé par le bruit de pas pénétrant prudemment dans la grotte; à nouveau le silence, suivi d'une prière chuchotée, désespérée: "Pars, mon garçon, pars. C'est inutile. Je suis perdu."

Elle sentit quelque chose, quelqu'un tituber contre elle, puis s'arrêter et se retourner, hésiter, avancer, repartir à nouveau, tandis qu'une voix s'écriait: "Eh bien, James Paynter. Nous te tenons à présent. Ce n'est pas la peine de te débattre. Amenez-le ici."

Clare entendit un sanglot réprimé, étouffé.

"Qu'est-ce que c'était?", demanda Ned, réveillé lui aussi à présent. "Je rêvais. Que se passe-t-il?" Il saisit le bras de Clare. "Il y a quelqu'un ici." Sa main étreignait douloureusement le bras de Clare.

"Ce sont les contrebandiers", dit-elle. "James Paynter et son fils. Ils sont ici."

"J'ai entendu quelque chose", répondit Ned. Il ignora les paroles de Clare. "J'ai entendu un coup de feu. Quelqu'un est blessé. Ils vont s'en prendre à nous."

Il fit mine de s'enfuir et elle le retint.

"C'est notre imagination", dit-elle.

"Quoi?"

"Les bruits, les coups de feu, les cris."

"Je les entends", dit Ned. "Je n'imagine rien du tout. Il y a quelqu'un ici." Il se dégagea. "Quelqu'un m'a touché."

"Où es-tu?", demanda Clare. "Où vas-tu?"

"Viens", dit-il. "Il sont à notre recherche et ils ont des revolvers."

"Ned", implora-t-elle. "Il n'y a rien." Mais elle parlait dans le vide. Ned était parti, fuyant les bruits qui semblaient encore remplir chaque recoin de la grotte, les cris et les hurlements et le gémissement de quelqu'un à l'agonie.

"Viens par ici", appela Ned. "Viens par ici."

Elle avança à quatre pattes sur les rochers, dans la direction de sa voix. Quelqu'un effleura ses cheveux; elle crut que c'était Ned et tendit une main vers lui, mais ne rencontra que le vide.

"Jos", dit-elle, car elle savait que c'était lui, mais il n'y eut pas de réponse, sinon un soupir et une plainte sourde, comme si le garçon souffrait. Il a été blessé, se dit-elle, et je ne peux rien faire pour lui. Elle avança la main et toucha un pied.

"Ouille!", fit la voix de Ned. "Tu me fais mal."

"Excuse-moi", dit-elle, en se redressant.

"Que s'est-il passé?", demanda-t-il.

"Je ne sais pas."

"Pourquoi as-tu crié?"

"Je n'ai pas crié", dit Clare, mais elle se demanda si, dans sa frayeur, elle ne l'avait pas fait.

"Je t'ai entendue. Je dormais, j'étais en train de rêver, je crois, et tu m'as réveillé. J'ai cru que quelqu'un nous attaquait, j'ai cru entendre un coup de feu, mais c'était un rêve. Où sommes-nous?"

"Dans la grotte. Où croyais-tu être?"

"Je sais que nous sommes dans la grotte, mais à quel endroit? Avant, je voyais quelque chose, mais c'est tout noir à présent."

"Tu es monté jusqu'ici. Je t'ai suivi."

"Je n'ai pas pu faire ça. Je ne m'en souviens pas." Il semblait déconcerté. "Tu es là?", interrogea-t-il.

"Donne-moi la main."

Elle prit sa main dans la sienne.

"Je n'aime pas ça", dit-il. "Je ne suis pas peureux, Clare, je t'assure. Mais j'ai une drôle d'impression dans cette obscurité. Retournons là où nous étions avant."

Ils avancèrent lentement pour rester en contact.

"Est-ce que nous y sommes?" demanda Clare.

"Je n'y vois rien."

Clare n'entendait plus la mer comme tout à l'heure, le clapotis incessant de l'eau sur les rochers. Ils devaient être dans une partie de la grotte tout à fait différente. Comment cela avait-il pu se produire? Dans la panique provoquée par ces bruits bizarres, ils avaient dû pénétrer dans un autre tunnel. Elle avança une main et rencontra une paroi rocheuse, couverte d'aspérités.

"Où sommes-nous?", demanda Ned. "Où sommes-nous?"

Sa voix était empreinte d'une terreur faisant écho à celle de Clare. "Nous sommes perdus", reprit-il d'un ton strident. A nouveau, la panique le gagnait. Puis il sembla reprendre le contrôle de lui-même, inspira profondément, serra la main de Clare et déclara, d'une voix plus calme:

"Nous nous sommes égarés, n'est-ce pas?"

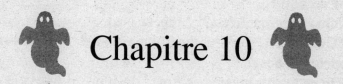 Chapitre 10

Ils s'étaient bel et bien perdus, et n'avaient pas la moindre idée de l'endroit où ils se trouvaient; tout ce qu'ils savaient, c'est qu'ils avaient laissé la grotte loin derrière eux dans leur fuite éperdue devant une horreur imaginaire.

"Entends-tu quelque chose? La mer?", interrogea Ned. Ils gardèrent le silence, dans l'espoir d'entendre un murmure, un clapotis, le bruit des vagues, n'importe quoi leur indiquant le chemin, mais il n'y avait rien, rien jusqu'à ce que...

"Qu'est-ce que c'est?", chuchota Ned.

"Tu as entendu aussi?", dit Clare, tendant l'oreille pour essayer de définir le son, une respiration haletante à quelques centimètres d'eux, un gémissement, un sanglot.

"Qu'est-ce que c'est?", répéta Ned.

Elle retint son souffle, écouta attentivement, puis perçut un mouvement près d'elle et avança la main mais ne sentit rien. A nouveau elle entendit un bruit, un souffle rapide, et sut de quoi ou plutôt de qui il s'agissait: Jos, le garçon dont Reuben lui avait conté l'histoire. Jos, qui avait vu son père assassiné par les douaniers. Jos, qui était ici, et avait besoin d'aide et de réconfort.

"Qu'est-ce que c'est?", répéta Ned.

"Qui est-ce, veux-tu dire? Le vois-tu? Aperçois-tu quelque chose?"

"Je ne te vois même pas, toi," dit-il pris d'une colère soudaine, une colère qui dissimulait la peur qu'il essayait de réprimer. "Reste près de moi. Donne-moi la main", implora-t-il.

Elle entendit un long soupir, sentit un souffle d'air chaud contre sa joue; ce n'était pas Ned, mais quelqu'un d'autre qui s'affaissait sur le sol, près d'elle, s'appuyant contre la paroi du tunnel. C'était Jos et elle éprouva une profonde pitié pour lui. Il avait vu mourir son père et maintenant, comme eux, il était perdu dans l'obscurité de la grotte.

"Tout va s'arranger", murmura-t-elle. "Je le sais."

Ce fut Ned qui répondit: "Je l'espère. Mais personne ne sait où nous sommes. Ils ne sauront pas où nous chercher."

"Nous trouverons la sortie."

"La sortie", répéta l'écho près d'elle, comme si Jos avait parlé. "La sortie." Elle le sentit bouger et sut qu'il s'était levé. Elle l'entendit étouffer un cri de douleur.

"Viens, Ned", dit-elle et, prenant la main de son ami, elle l'entraîna à sa suite.

"Où vas-tu?" Il voulut résister, mais elle le tira énergiquement. Ils devaient rester près de Jos, le suivre là où il allait. Jos savait s'orienter dans ce labyrinthe et il les conduirait en lieu sûr.

"Je sais que j'ai raison", dit-elle. Jos avançait lentement mais avec assurance, comme s'il connaissait chaque détour de ces cavernes.

Ils le suivirent en trébuchant, dérapant parfois sur les rochers, s'écorchant les coudes sur les parois rugueuses.

"S'il te plaît", dit Ned, "arrête-toi un peu. J'ai mal au pied."

Jos s'était arrêté lui aussi et s'était adossé au mur. Clare ne le voyait pas, ne pouvait même pas se le représenter mentalement, mais elle savait qu'il était là, aussi sûrement que si elle avait pu le voir et le toucher. Mais elle pouvait le toucher. Elle tendit une main et sentit une masse de cheveux bouclés, humides et en désordre. Elle l'imagina, plus petit que Ned, mais plus trapu, avec des bras épais, forts. Elle effleura sa joue et promena sa main sur son visage pour s'en faire une idée plus précise. Le coin des lèvres relevé indiquait une humeur agréable, les joues étaient rondes et pleines et le menton ferme. Elle sentit une main lui prendre le menton et des doigts suivre le contour de ses lèvres.

Elle savait à quoi il ressemblait et il lui plaisait. Elle souhaita le connaître vraiment, puis s'aperçut qu'elle le connaissait effectivement: elle savait de lui tout ce qu'il est important de savoir.

Il était courageux et indépendant, et ce courage et cette détermination lui sauveraient la vie et la leur en même temps.

"Jos", murmura-t-elle, et un long soupir lui répondit, comme s'il comprenait.

"Tiens-moi", dit Ned, et il lui prit le bras. "C'est affreux d'être dans le noir. De ne pas te voir, de ne rien voir. C'est comme si je n'étais pas ici, ni où que ce soit, quand je ne te tiens pas."

"Nous allons sortir, Ned. Jos connaît le chemin."

"De quoi parles-tu?"

"Jos est avec nous. Tu ne le sens pas? Tu l'as entendu aussi."

"C'était un rat ou une chauve-souris."

"Un garçon", dit Clare, "un garçon. Jos Paynter. Il est ici."

Il abaissa la main vers sa cheville, là où la balle l'avait éraflé. Il sentait le sang suinter de la blessure et était obligé de s'arrêter fréquemment. De temps en temps il se sentait pris de faiblesse, à cause de la douleur et de la peur de ne jamais s'échapper d'ici, d'errer éternellement dans ce dédale. Mais, chaque fois qu'il se sentait proche du désespoir, il entendait une petite voix le pressant de ne pas perdre courage. Parfois la voix était dans sa tête, parfois dans l'air près de lui, mais où qu'elle soit, quoi que ce soit, elle le réconfortait si bien qu'après une brève pause, il était capable de repartir de l'avant.

Il l'entendait en ce moment et, au contact de sa main, pensa qu'il perdait la raison à cause de la perte de sang, et que cette présence d'un ange gardien à son côté était imaginaire. Mais elle était là, près de lui, quelle qu'elle soit, et l'incitait à continuer. Il se redressa et se traîna à quatre pattes, en essayant de ne pas peser sur son pied blessé. Il tenta de calculer le chemin parcouru et celui qu'il restait à effectuer. Il se demanda si son souvenir du tracé des tunnels était inexact.

Puis il reconnut le lieu où il se trouvait. Ici et là, pour tirer plus facilement leurs fardeaux, les contrebandiers qui avaient précédé son père avaient enfoncé des poignées de fer dans le roc. Sa main venait d'en rencontrer une. Il essaya de la saisir pour se hisser sur ses pieds mais n'en eut pas la force. Il s'effondra contre le rocher et ne sentit ni n'entendit plus rien.

"Es-tu là, Clare?"
Clara avança avec précaution en direction de la voix de Ned. Elle se cogna la tête à un rocher en saillie et sentit le sang couler sur son front. Mais cela ne dura pas, donc la blessure ne devait pas être grave, se dit-elle.
"Je suis ici", répondit-elle. Ils s'assirent, appuyés l'un contre l'autre, se tenant la main, acharnés à ne pas perdre contact.
"Comment sortirons-nous d'ici?", demanda Ned.
"Personne ne saura où nous sommes."
Il essayait de ne pas montrer à quel point il était effrayé, de garder une voix claire et ferme; mais Clare savait qu'il était terrorisé.

Elle aussi était terrorisée par instants, en ce moment, par exemple. Il semblait que Jos les avait quittés, et qu'ils étaient abandonnés à eux-mêmes. Elle était tellement persuadée qu'ils étaient sur la bonne voie jusqu'à présent, que Jos les conduirait en lieu sûr! Elle se fiait à lui pour trouver la sortie et leur indiquer le chemin. Mais parfois le courage et la foi commençaient à lui manquer. C'était peut-être parce que Jos doutait lui-même de s'en sortir vivant. Il devait s'en sortir. Elle le savait, puisqu'il avait vécu jusqu'à un âge avancé. Elle avait vu sa tombe dans le cimetière de St-Médoc. Ils n'avaient qu'à le suivre et ils seraient sauvés.

Mais où était-il à présent? Elle l'avait perdu. Il n'y avait plus que Ned à côté d'elle, aucun signe de Jos. Il les avait abandonnés; Ned et elle étaient seuls dans ce vaste labyrinthe. Elle reprit sa respiration et réprima un accès de panique. Avec ou sans Jos, elle trouverait la sortie. L'obscurité ne renfermait rien de terrifiant pour elle; elle y était habituée. Pourtant elle ne pouvait s'empêcher d'avoir peur. Elle essaya de prendre un ton enjoué.

"Allons, Ned. Il ne faut pas abandonner." Elle le hissa sur ses pieds. "Nous trouverons la sortie, ne t'inquiète pas."

Elle sentit une main prendre la sienne, mais ce n'était pas celle de Ned. Jos était revenu, il la tenait et la guidait lentement hors du passage, vers une caverne plus grande; en entendant résonner leurs pas, elle comprit que la voûte était très haute.

"Ce n'est plus pareil", dit Ned. "Où sommes-nous?"
Ils avancèrent et ne sentirent plus les parois de chaque
côté. Clare étendit la main, mais ne sentit rien. Seuls
les éboulis de pierres sous ses pieds et les doigts de
Ned sur son poignet lui permettaient de garder le contact avec la réalité. Ned la serrait si fort qu'il lui faisait mal mais elle ne dit rien. Elle comprenait son dé-
sarroi, son besoin de s'accrocher à quelqu'un.
Jos avait à nouveau disparu.
"Jos", appela-t-elle doucement et l'écho répondit
dans un murmure:"Jos". Mais ce n'était que l'écho,
rien d'autre.
"Jos", répéta-t-elle, plus fort cette fois, sans obtenir
d'autre réponse que le bruit moqueur de sa propre
voix.
"Pourquoi appelles-tu ce Jos sans arrêt?", demanda
Ned. "Il n'y a personne d'autre que nous ici."
"Il est ici, quelque part, je le sais. Du moins, il y était.
Il veut nous aider."
"Ne parle pas comme ça. Je crois que tu deviens fol-
le."
Il lui prit les deux mains et l'attira contre lui.
"Nous nous en sortirons, Clare. J'en suis sûr." Il si-
mulait une confiance qu'il était loin d'éprouver.
"Oui", dit-elle. "Moi aussi, je le sais." Elle caressa
la joue de Ned. "Nous nous en sortirons", répéta-t-
elle d'une voix ferme.

Chapitre 11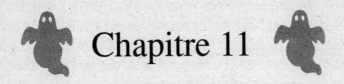

"Avez-vous des nouvelles?", demanda la mère de Clare à Reuben en lui ouvrant la porte de la caravane.

"Je suis venu en demander", répondit le vieil homme.

"Vous ne les avez pas vus?" Marion Gilbert ne chercha pas à cacher se déception.

"Pas depuis hier."

"Je me demande où ils sont allés."

Reuben passa sa main dans ses cheveux clairsemés.

"C'est bizarre, c'est sûr. Mais je ne m'en ferais pas trop à votre place. C'est une jeune fille très sensée. Elle en voit plus que beaucoup de gens qui ne sont pas aveugles. Vous pouvez être fière d'elle."

"Ça ne me réconforte guère, Reuben. Elle est quand même très vulnérable, malgré son bon sens." Elle l'invita à entrer pour boire une tasse de café.

"Ça doit faire ma huitième tasse depuis ce matin", dit-elle. "Où peut-elle être, Reuben? Vous lui avez parlé. Vous devez avoir une idée de l'endroit où ils ont pu se rendre."

"Je me suis creusé la cervelle pour essayer de trouver. Elle s'intéressait beaucoup à mes histoires. Je lui en ai raconté des tas. Mais c'était celle de James Paynter et de son fils Jos qui paraissait l'intéresser le plus."

*"De quoi parlait-elle?"

"Des contrebandiers, surpris par les gabelous dans la Boîte à Thé de Caleb."

"La Boîte à Thé?"

"La grotte de l'autre côté de la pointe, dans le Chaudron du Diable, la crique voisine. Mais..."

"Mais quoi?"

Il hésita.

"La plupart du temps, la mer interdit le passage. Je suppose qu'ils ont pu y aller ce matin à marée basse et se laisser surprendre. Si c'est le cas, ils ne risquent rien tant qu'ils restent au-dessus de la ligne des eaux. Mais..." Il s'interrompit à nouveau. "S'ils s'aventurent plus loin dans la grotte... ma foi, elle est très profonde, et il y a tout un labyrinthe de tunnels et d'anciennes galeries de mine."

La mère de Clare porta sa main à la bouche, horrifiée.

"Mais ça n'a pas pu se produire", se hâta d'ajouter Reuben. "Je vous le dis, votre fille est trop sensée pour partir comme ça à l'aventure. Pour ce qui est du garçon, je ne sais pas."

"Ned ne ferait rien d'insensé."

"Dans ce cas, tout va bien. A marée basse, ils reparaîtront sains et saufs, affamés sans doute, mais sans autre dommage."

"Mais, s'ils sont là-bas, ne pouvons-nous rien faire?

Ne peut-on y aller en bateau?''

Reuben secoua la tête.

''Les eaux sont mauvaises dans le Chaudron, mais même si nous passions, nous ne pourrions pas entrer dans la grotte avant que la mer se soit retirée, et ça ne sera pas avant six heures et demie ce soir.''

''C'est long.'' Marion Gilbert soupira. ''Je ne peux pas supporter cette attente.'' Elle regarda attentivement le vieil homme. ''Qu'y a-t-il, Reuben? A quoi pensez-vous?''

''A rien, madame Gilbert. Je suis soucieux, tout comme vous.'' Mais il se rappelait un jour où il était entré dans la grotte, un jour de grande marée, comme celui-ci, et avait vu des choses qui dépassaient l'imagination. Il ne croyait pas aux fantômes, même s'il racontait des histoires à leur sujet, mais l'esprit pouvait vous jouer de drôles de tours et dans une caverne battue par une mer déchaînée, une jeune aveugle et un garçon impressionnable pouvaient entendre toutes sortes de choses, pouvaient fort bien s'être enfoncés dans le dédale de cavernes pour échapper à une terreur imaginaire ou à un spectre du passé. Cela avait bien failli lui arriver, un jour.

''Qu'y a-t-il, Reuben?'' Comme sa fille, madame Gilbert était très sensible aux émotions des autres personnes. Elle savait qu'il venait de penser à quelque chose. Mais il ne pouvait pas le lui dire. Elle était suffisamment inquiète comme cela, se dit-il. Il rit.

''Ne vous en faites pas, madame Gilbert. Votre fille s'en sortira. Quel que soit le pétrin où elle a pu se fourrer, elle trouvera le moyen de s'en sortir, n'ayez pas de crainte.'' Et soudain, Reuben eut la certitude que la jeune fille était saine et sauve, et qu'il pouvait peut-être faire quelque chose pour l'aider. Il avait chez lui des papiers de famille, des carnets, des plans des anciennes mines, œuvre de Jos Paynter. Il allait les examiner. Il ne pouvait pas rester inactif alors que la jeune fille était peut-être en danger. Il y avait quelque chose que même un vieux bonhomme comme lui pouvait faire.

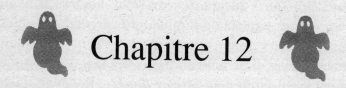

Chapitre 12

Jos se trouvait maintenant en terrain familier. Bien
que son père ne l'eût jamais laissé prendre part aux
débarquements sur la plage auparavant, il avait aidé
à transporter les marchandises de contrebande de la
Boîte à Thé jusqu'à la surface, à travers les galeries.
Il pensait connaître le chemin, mais à deux reprises il
s'était égaré, dans l'enchevêtrement des tunnels de
l'ancienne mine. A présent, il était revenu vers le réseau principal, emmenant la fille avec lui. Il ne lui demanda pas d'où elle venait; il se réjouissait seulement
de sa présence et de son courage, un courage qui ali-
mentait le sien, qui les aidait tous les deux. Il se de-
mandait ce qu'elle faisait là. Il croyait que seuls les
hommes de son père connaissaient ces cavernes. D'où
venait-elle? Où allait-elle et qui était avec elle?
Quelqu'un de beaucoup moins réel que la fille,
semblait-il.
Il avait envie de lui demander qui elle était, mais malgré tous ses efforts pour se faire comprendre, elle ne
répondait pas, se contentant de prononcer son nom

de temps en temps. Comment connaissait-elle son nom? Tout cela l'intriguait au plus haut point. Si seulement son père était là, pour l'aider à comprendre! Mais son père était mort.

Il ne devait pas y penser; quand il le faisait, son courage le quittait et il perdait tout sens de l'orientation et même le désir d'en réchapper. Il devait sortir d'ici au plus vite, rejoindre sa mère avant qu'on ne rapporte le corps de son père à la maison, être près d'elle pour l'aider à supporter le choc. Il s'était arrêté pour se reposer un instant et maintenant il s'étirait, soupirait et se levait. Il sentit la fille se lever en même temps et le suivre. Une fois de plus il se demanda s'il s'imaginait tout cela, si elle n'était pas un fantôme. Les cavernes étaient hantées par des "buccas", des esprits travaillant dans les mines, les gnomes. Mais cette fille n'était pas un "bucca"; elle était réelle. Il était intrigué, mais il n'avait pas peur d'elle. Et même si c'était un esprit, elle ne lui voulait pas de mal. Elle lui donnait la volonté de vivre, de sortir d'ici. Il devait garder la tête claire pour résoudre les difficultés qui l'attendaient. Il arrivait à la mine d'étain, une immense caverne depuis longtemps vidée de son minerai. D'ici partaient trois conduits, dont un seul, à sa connaissance, menait en lieu sûr.

Il laissa la fille à l'entrée de la caverne et avança à l'intérieur. Il reviendrait la chercher quand il aurait trouvé la chandelle à mèche de jonc et le briquet qu'on laissait en permanence dans le passage.

Ensuite tout irait bien. Il n'y aurait plus d'erreurs,

plus d'hésitations, rien qu'un tunnel menant tout droit vers la surface et la sécurité, pour lui et pour la fille. Il crut l'entendre appeler son nom et se retourna, mais dans cette obscurité compacte, il ne put rien voir. Guidé par son instinct il se fraya un chemin dans la mine et pénétra dans la galerie. C'était la bonne, car sa main rencontra une poignée en fer incrustée dans la roche. Juste après, dans un creux de la paroi, il trouverait la chandelle et le briquet, enveloppés dans du papier huilé pour les protéger contre l'humidité. Il tâtonna. Les objets devaient y être, puisqu'il avait vu son père les mettre à cet endroit. A nouveau, la pensée de son père suspendit son action, le submergeant presque de désespoir, mais il se força à penser à sa mère, au besoin qu'elle avait de lui.

Il mit sa main dans la cavité, fouilla, trouva le paquet, le prit et alluma le briquet à silex. La mèche d'amadou s'enflamma. Il transmit la flamme à la chandelle et, lentement, sa faible lueur éclaira la galerie, projetant autour de lui d'étranges ombres dansantes. Il rangea le briquet dans le creux du rocher et repartit d'un pas plus assuré. Il serait bientôt dehors.

Il avait oublié la fille jusqu'à ce que, de la mine d'étain, lui parvienne un cri de détresse; elle appela son nom à deux reprises. Il fit demi-tour en toute hâte, trébucha et faillit lâcher sa chandelle. Son pied heurta une pierre sur le côté de la galerie; elle bougea, entraînant celle qui la surmontait. Il retint son souffle, mais elles se stabilisèrent et il se remit à avancer, pour répondre à l'appel. Il tenait la chandelle devant lui, et, dans sa faible clarté, aperçut deux silhouettes au milieu de l'immense caverne, deux formes vagues et mouvantes, qui disparurent aussitôt entrevues.

Puis, de la galerie qu'il venait de quitter lui parvinrent d'abord le bruit d'un lent glissement, puis celui d'une soudaine cascade de pierres; une bouffée de vent éteignit la mèche de jonc et un nuage de poussière le suffoqua. Il s'effondra sur le sol, à demi asphyxié par le nuage qui retombait autour de lui.

Elle était seule, avec les échos d'une chute de pierres dans les oreilles, le goût de la poussière dans sa gorge. Elle tendit la main pour toucher Ned mais ne sentit rien. Elle appela son nom, mais pendant un moment il n'y eut aucune réponse, sa voix se perdant dans le bruit de l'éboulis.

"Ned!", cria-t-elle à nouveau, en essayant de réprimer sa terreur. "Où es-tu?"

"Continue à parler", dit-il. "Je vais te rejoindre."

"Dieu merci", fit-elle. "Je me demandais ce qui t'était arrivé." Elle sentit une main toucher son épaule.

"C'est toi?", demanda-t-elle.

"Qui cela pourrait-il être? Bien sûr, c'est moi. Que s'est-il passé?"

La poussière était retombée et le silence était revenu, brisé seulement par un éternuement de Ned. Clare commença à se demander s'ils parviendraient jamais à l'air libre, mais elle s'interdit d'en douter, d'abandonner tout espoir. Pourtant, sans Jos pour les guider, ils ignoraient quelle direction prendre.

Et où était-il? Les avait-il abandonnés? Avait-il eu un accident? Ce n'était pas possible. Il était sorti sain et sauf, elle devait s'en souvenir.

"Jos", appela-t-elle. "Jos. Où es-tu?"

Elle sentit une main sur son coude, mais c'était Ned, qui la tenait étroitement, pour être sûr de ne pas la perdre à nouveau.

"Jos", appela-t-elle, élevant la voix de sorte que les échos rebondirent sur les parois et la voûte, dans un tintamarre discordant.

Elle sentit une autre main et sut que c'était celle de Jos, venu la rassurer de sa présence, prêt à les guider, Ned et elle, vers la sortie.

"Oh, Jos", fit-elle. "Je croyais que tu étais parti."

Elle sentit sa main, rugueuse et ferme, prendre la sienne, et le courage lui revint, circulant entre eux deux dans un échange revigorant.

"Tout ira à présent, Ned", dit-elle. "Accroche-toi à moi."

Ned ne dit rien. Elle se demanda s'il percevait la présence de Jos. Comment pouvait-il l'ignorer? Pour elle, la présence de Jos était aussi évidente que celle de Ned, son contact aussi réel.

Elle suivit Jos, lentement, trébuchant un peu de temps à autre sur la surface inégale mais ne perdant jamais le contact avec lui ni avec la main de Ned sur son épaule. Jos semblait n'avoir aucun doute sur la direction à prendre.

Le son de leurs pas se modifia et elle comprit qu'ils

avaient quitté l'immense vide sonore de la caverne pour pénétrer dans un passage étroit. Par intervalles, elle effleurait l'une ou l'autre paroi. C'était un passage qui montait en pente raide. Des cailloux crissaient sous leurs pieds et de temps à autre, Jos faisait halte, lâchait sa main et paraissait déplacer des pierres qui se trouvaient sur le chemin. Chaque fois elle se sentait perdue et éprouvait un grand soulagement quand sa main saisissait à nouveau la sienne. Elle agrippait ses doigts farouchement et il répondait en la serrant aussi étroitement.

"Ne nous quitte pas, Jos", dit-elle. "Tu vas sortir. Nous te suivrons. Nous en réchapperons tous."

Il ne répondait pas ou, s'il le faisait, elle ne l'entendait pas, mais elle savait qu'il puisait son courage dans la confiance qu'elle lui témoignait. Ils continuèrent d'avancer, parfois sans difficulté, d'autres fois gravissant à grand-peine des amoncellements de pierres, qui ne leur laissaient qu'un étroit passage. Puis elle faillit perdre à la fois Jos et Ned. A un moment, elle se retrouva toute seule, jusqu'à ce que Jos la tire par la main, et Ned se cogna contre elle et s'affala sur un tas de cailloux.

"Clare", dit Ned. "Il faut que je me repose. Mon pied me fait mal. Tu es là?" Sa voix exprimait la frayeur.

"Je suis ici", répondit-elle, en s'asseyant près de lui sur le sol.

Jos s'était arrêté lui aussi, et assis de l'autre côté. Elle sentait son épaule contre la sienne et tendit la main pour toucher le tissu rêche de sa veste. Comme il avait l'air solide, réel! Mais comment cela se pouvait-il? Elle devait rêver, son cerveau était embrumé par la faim, la fatigue et la peur. Et pourtant il était bien réel pour elle, aussi réel que Ned. Sa faim aussi était réelle, son envie de manger si grande que son esprit était empli de l'image des saucisses qu'elle avait mangées au barbecue. Elle sentait le goût des oignons frits dans sa bouche. Mais c'était une illusion, bien sûr.

Peut-être tout cela n'était-il qu'une illusion, un rêve. Peut-être était-elle endormie sur son lit de camp, sous la tente, derrière la caravane, avec ses parents dormant à quelques mètres.

Mais ce n'était pas un rêve, elle le savait. Cela ressemblait à un cauchemar, mais c'était réel, les pierres sous ses pieds, l'eau ruisselant sur les parois et le toucher rugueux de la veste de Jos.

Elle se sentit céder à la somnolence et se dit qu'elle devait rester éveillée. Mais l'air était rare dans l'étroit passage et elle luttait contre l'épuisement.

La respiration de Ned lui disait qu'il était déjà endormi. Peut-être aurait-elle dû le réveiller, le forcer à se relever, mais elle n'en avait pas l'énergie et Jos semblait également désireux de se reposer. Sa tête s'inclina et elle s'abandonna au sommeil.

Chapitre 13

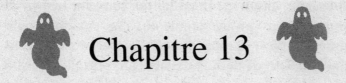

Reuben Pascoe, assis dans la salle de séjour de sa petite chaumière surplombant la plage, pensait à la jeune
Clare, se demandant où elle et son ami Ned avaient
bien pu se rendre. Il les soupçonnait de s'être aventu-
rés dans la Boîte à Thé de Caleb et de s'être laissés piéger par la marée. Il commençait à regretter d'avoir raconté à Clare toutes ces histoires au sujet des contrebandiers et de Jos.

S'ils étaient là-bas, ils ne risquaient rien à condition
qu'ils restent à l'abri jusqu'à ce que la marée redescende. Clare saurait que c'était la solution la plus sensée. Ils sortiraient sains et saufs de la grotte dès que
la mer se serait retirée. Il n'y avait pas lieu de s'inquiéter.

Il s'inquiétait néanmoins. Il s'était laissé surprendre
de la même manière soixante ans plus tôt. Son imagination juvénile avait peuplé la grotte de toutes sortes
de fantômes. Cela s'était passé à la même époque de
l'année, il s'en souvenait. C'était la pleine lune et la
grande marée, ce qui l'avait incité à contourner la

91

pointe pour explorer la grotte. Des vagues capricieuses et une mer houleuse lui avaient barré le passage avant qu'il ait pu s'en rendre compte.

Et ensuite, ensuite... Il gardait un souvenir très vif de ce qu'il avait vu: un homme aux cheveux noirs puissamment bâti, campé devant l'entrée de la grotte, d'un air plein de défi, et derrière lui, presque invisible dans l'ombre, un jeune garçon. Il avait entendu un cri et une salve de coups de feu, avait vu l'homme tomber et le jeune garçon courir vers lui, puis faire demi-tour et fuir, trébucher, se tenir la jambe puis repartir, pour disparaître dans les profondeurs obscures de la caverne. Curieux, et, bizarrement, dénué de frayeur, il avait suivi le garçon un moment, puis, reprenant ses esprits, était revenu sur ses pas et avait attendu la marée basse dans la grotte principale.

Il avait raconté l'incident à son père en rentrant chez lui. Son père l'avait regardé d'un air étrange; loin de refuser de le croire, comme Reuben s'y était attendu, il avait hoché la tête.

"Regarde ça, mon garçon", avait dit son père. "C'est l'écriture de mon grand-père, ton arrière-grand-père, Joseph Paynter. Lis-le." Il avait lu les pages avec un stupéfaction croissante.

Il les avait entre les mains en ce moment. Elles contenaient le récit par son arrière-grand-père de sa vie depuis ce jour de 1814 où il avait vu son père se faire tuer jusqu'à quelques jours avant sa mort en 1889. Il y avait des années qu'il ne les avait pas regardées.

Le papier était jauni et rendu cassant par le temps. Au

début, l'écriture était mal formée, comme si le garçon qui tenait la plume n'avait pas l'habitude d'écrire. Par la suite, elle devenait plus sûre, pleine d'enjolivures, puis, vers la fin, irrégulière et difficile à lire. Mais le récit était toujours vigoureux, captivant. Il était à l'origine de bon nombre des propres histoires de Reuben.

Tenant les papiers dans sa main sans les lire, il essaya de se représenter son arrière-grand-père. La seule photographie qui existait de lui montrait un homme trapu en redingote. Son maintien était raide mais ses yeux contenaient une expression rêveuse, comme s'il regardait, non pas l'appareil, mais le passé, ou peut-être même l'avenir.

Il avait quelque chose à lui dire, au sujet de la grotte, quelque chose d'important. Et cela se trouvait dans l'histoire de sa vie, aux alentours de la date fatidique de la mort de son père. Reuben feuilleta la liasse, puis se mit à lire, mais il fut interrompu par un coup frappé à la porte. Il alla voir qui était son visiteur.

"Mais c'est madame Gilbert!", s'exclama-t-il. "Entrez. Avez-vous des nouvelles?"

Chapitre 14

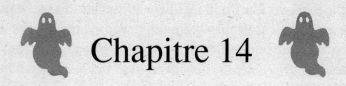

Elle entendait des voix, des voix vagabondes et frénétiques, un horrible vacarme résonnant dans sa tête. Elle s'éveilla en sursaut. Ned l'appelait, d'une voix folle d'anxiété.

"Clare! Clare! Où es-tu?"

Pendant un instant, elle se demanda où elle était.

Elle avait rêvé de la caravane, de sa chaleur, du réconfort de ses parents. Où était-elle?

"Clare!" A nouveau la voix de Ned, tendue par la panique.

Elle se rappela alors où ils se trouvaient, loin dans les entrailles de la terre, perdus dans un dédale de tunnels.

"Je suis ici, Ned", chuchota-t-elle. Elle n'avait même plus la force d'élever la voix. Elle se sentait toute raide, les genoux endoloris par la position dans laquelle elle avait dormi. Elle n'aurait pas dû céder au sommeil. Elle devait rester vigilante.

"Où?", répéta Ned.

"Ici", répondit-elle, et elle l'entendit approcher.

Il tendit la main vers elle, elle s'en empara et la serra fortement.

Il y avait eu quelqu'un d'autre avec eux, se souvint-elle, mais qui? Puis la mémoire lui revint. Jos se trouvait avec eux. Jos Paynter, le jeune garçon.

"Jos!", appela-t-elle, d'abord à voix basse, puis plus fort, "Jos." Mais il n'y eut pas de réponse. Elle s'en doutait, sans savoir pourquoi. Il était parti, il avait trouvé la sortie et les avait abandonnés à leur sort. La présence qui lui avait semblé si réelle auparavant - son guide, sa main secourable - avait disparu.

Mais, s'il était parti, s'il avait trouvé le chemin de la surface, ils pouvaient le suivre et sortir d'ici eux aussi. Ils avaient gravi l'étroit passage en pente abrupte sur les traces de Jos, jusqu'à ce que la fatigue les terrasse et que le sommeil leur apporte l'oubli. Elle avait cru que Jos se reposait aussi. Il avait dû se réveiller avant eux et reprendre sa route, retrouver l'air libre.

"Viens, Ned", dit-elle. "Ça doit être par là." Mais, sans Jos pour la guider, elle manquait d'assurance. Elle avança à quatre pattes, et s'aperçut avec angoisse que les parois se resserraient. Puis elle découvrit qu'elle ne pouvait plus avancer. Le passage était bloqué par des rochers. Etait-ce par là que Jos était venu? Les rochers s'étaient-ils écroulés derrière lui? Peut-être pas. Peut-être le Jos Paynter qui était enterré dans le cimetière de St-Médoc était-il une autre personne. Peut-être son Jos à elle était-il enseveli sous ces pierres. L'espace d'un instant, elle fut en proie à un tel désespoir qu'elle eut envie de se coucher là et de se laisser mourir de fatigue et de faim.

"Jos!", appela-t-elle, une fois, deux fois, mais en vain.

Elle sentit la main de Ned sur son épaule.

"Pourquoi t'es-tu arrêtée?", demanda-t-il.

Elle garda le silence un instant, tant la vérité était difficile à dire.

"La route est bloquée. Le tunnel s'arrête là. Il n'y pas d'issue."

"Alors il faut revenir en arrière", dit-il. "Il doit y avoir d'autres passages." Ned semblait avoir retrouvé une certaine énergie, même si sa voix tremblait un peu.

"Oui, il le faut", dit-elle. Il n'y avait rien d'autre à faire. Elle se demanda combien de temps s'était écoulé depuis qu'ils étaient entrés dans la grotte, douze heures, une journée, deux jours et deux nuits? La faim qu'elle éprouvait lui faisait penser qu'il s'était passé beaucoup de temps. Ils auraient dû emporter de la nourriture, une tablette de chocolat, n'importe quoi.

"Allez, viens", dit Ned, et elle l'entendit repartir en sifflotant pour se donner du courage. Elle n'aimait pas ce son. Il lui semblait irréel, comme s'il émanait non pas de Ned mais des esprits hantant la mine, des esprits maléfiques. Et bientôt Ned se tut, comme s'il trouvait ce bruit inquiétant lui aussi.

Lentement, ils revinrent sur leurs pas et, au bout d'un moment, le passage s'élargissant, ils purent se tenir debout. Puis ils s'aperçurent, à la différence de l'écho, qu'ils étaient de retour dans l'immense caverne.

"Stop", dit Clare. "Il ne faut pas que nous nous perdions. Restons près de la paroi. Nous trouverons bien une autre sortie. J'en suis persuadée."

Mais elle n'était plus sûre de rien. Quand Jos était là, elle se sentait en sécurité. Maintenant qu'il avait disparu, elle n'avait que trop conscience du poids des rochers au-dessus d'eux, autour d'eux, les enserrant de tous côtés.

"Tiens bon", dit Ned et, main dans la main, ils progressèrent lentement le long des parois rugueuses de la mine, trébuchant sur le sol inégal, faisant rouler des cailloux sous leurs pieds, délogeant des pierres sur les parois, respirant la poussière soulevée par les éboulis. Elle craignait que, d'un moment à l'autre, leurs gestes maladroits ne provoquent une chute de pierres qui les engloutirait.

Une ou deux pierres tombèrent, mais ce fut tout. Ned ouvrait le chemin et elle le suivait, accrochée à son anorak, tâtonnant le sol avec précaution.

Ned s'immobilisa.

"Il y a un passage ici", dit-il. "Est-ce qu'on prend le risque?"

"Il faut bien", répondit-elle. "Que faire d'autre?"

Ils quittèrent la vaste caverne sonore en direction du boyau étroit, Clare en tête, d'abord debout puis à quatre pattes, en s'éraflant le dos aux aspérités de la roche.

Jos se redressa, heureux de pouvoir s'étirer de toute

sa taille. Il aspira de grandes bouffées d'air pur, savourant sa fraîcheur, bien qu'il fût encore au fond du puits. Il distinguait le cercle de ciel bleu au-dessus de lui et une échelle métallique sur la paroi du puits. Il l'escalada, lentement, à cause de ses bras engourdis et de son pied douloureux. Il avait réussi. Il savait qu'il y arriverait; quand, par moments, il avait commencé à désespérer, il avait entendu cette voix qui lui disait qu'il en réchapperait. Il regarda autour de lui, s'attendant plus ou moins à la voir, mais il n'y avait personne. Et personne ne pouvait le suivre car, tandis qu'il avançait dans le passage, il avait déclenché un éboulement qui avait obstrué la galerie. Personne ne pouvait plus sortir par cette voie.

Il éprouva une soudaine culpabilité. Il l'avait laissée là-bas, elle et l'autre, au fond des galeries de mine, abandonnée à elle-même. Et qui était-elle? Comment avait-elle pu l'accompagner, prononcer son nom, savoir qui il était? Il ne comprenait pas; peut-être la terreur de ces dernières heures l'avait-elle fait délirer, ou pire, rendu fou. De telles choses se produisaient parfois, il le savait. Comment aurait-il pu y avoir quelqu'un avec lui? Il était seul quand son père avait été tué.

Le souvenir de la mort de son père lui revint avec force, et dans sa douleur il se jeta sur le sol, en franchissant le rebord du puits. Un jour, quand il était petit, il s'était aventuré jusqu'à ce même puits et était descendu au fond, poussé par la curiosité. Son père l'avait retrouvé, des heures plus tard, et l'avait battu pour cet acte stupide. Il se souvenait parfaitement de cette correction; il aurait voulu que son père le retrouve à présent, même si c'était pour le battre.

Il se redressa et s'essuya les yeux. Jamais plus son père ne poserait la main sur lui, que ce fût par colère ou par affection. Jamais plus. Il se leva et se dirigea vers le village en titubant. Il se retourna une fois, en se disant qu'il ne devait pas abandonner la fille. Sans son aide, elle resterait là, perdue pour toujours dans les galeries de mine. Il ne pouvait pas laisser cela se produire. Il devait y avoir une issue pour elle aussi.

Chapitre 15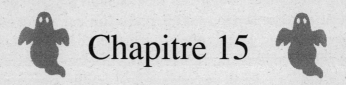

"Je ne veux pas rester assise à ne rien faire", dit madame Gilbert. "Dans combien de temps pourrons-nous accéder à la grotte?"

Reuben regarda la mer par sa fenêtre.

"Ça ne tardera plus beaucoup. Nous devrions pouvoir contourner la pointe d'ici une demi-heure."

Ils retournèrent au terrain de camping et se munirent de lampes, de couvertures et de bouteilles thermos remplies de thé bouillant, puis Reuben, les Gilbert et les Watson se dirigèrent vers la pointe. La mer s'était un peu calmée mais des nuages noirs s'amoncelaient à l'horizon, annonçant un orage.

"Je vais marcher en tête", dit Reuben. "Je connais bien cet endroit."

Il sut, dès qu'il eut atteint la grotte et promené sa lanterne alentour, que le lieu était désert. Il n'y avait aucun signe des jeunes gens, nulle trace de leur passage. Il se mit à craindre le pire: qu'ils n'aient été effrayés par quelque chose et se soient égarés dans les méandres des anciennes galeries.

"Alors?", dit le père de Clare. "Que faisons-nous à présent?"

Reuben vit qu'ils le suppliaient d'agir. Il ne répondit pas. Il écoutait, dans le vain espoir d'entendre un son, même infime, qui lui indiquerait où se trouvaient les adolescents. Mais il n'y avait rien, rien que la mer et le vent au dehors et, près de lui, un sanglot de la mère de Ned, qui se jeta dans les bras de son mari.

"Allons, allons", dit monsieur Watson. "Ne te mets pas dans cet état." Mais sa voix était emplie de désespoir.

"Peut-être ne sont-ils jamais venus ici", dit le père de Clare. "Ce n'est qu'une supposition."

"Ils sont venus", dit Marion Gilbert tout à coup, en se baissant pour ramasser une pierre à ses pieds. "Tenez, Reuben. La reconnaissez-vous?"

"Oui. C'est la pierre que je lui ai donnée. J'ai dit que c'était un porte-bonheur, je m'en souviens."

"Porte-bonheur!", s'exclama le père de Ned d'un ton courroucé. "On ne peut pas dire que ça ait été le cas!"

"Du moins savons-nous maintenant qu'ils sont venus ici", dit monsieur Gilbert. "Nous savons où chercher."

"Il ne faut pas rester trop longtemps", dit Reuben. "Nous risquerions d'être surpris par la marée, nous aussi."

"Je ne vais pas renoncer maintenant", dit monsieur Watson. "Nous savons qu'ils sont venus ici. Il faut que nous les retrouvions."

"Il existe d'autres moyens d'entrer dans les galeries", dit Reuben. "C'est trop dangereux de rester ici quand la marée remonte. Nous ne leur serons d'aucune utilité si nous nous laissons piéger à notre tour, ou si nous nous perdons dans les cavernes."

"Que pouvons-nous faire?", interrogea la mère de Clare.

"Faites-moi confiance", répondit-il.

"Faire confiance à ce vieux fou", marmonna monsieur Watson, mais Reuben l'entendit.

"Faites-moi confiance", répéta-t-il. "A moi, et à mon arrière-grand-père."

"Je crois qu'il est cinglé", grommela monsieur Watson, sans baisser la voix cette fois.

"Vous verrez", dit Reuben, et il les fit sortir de la grotte juste à temps pour leur éviter d'être bloqués par la marée. Les Watson et les Gilbert le suivirent, pas rassurés le moins du monde par la confiance manifestée par Reuben. Ils regardèrent le vieil homme partir en direction de sa chaumière. Marion Gilbert voulut le suivre, mais son mari la retint et la ramena jusqu'à la caravane.

Chapitre 16

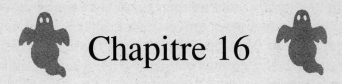

Reuben Pascoe ne déraisonnait pas comme le pensait monsieur Watson, quand il parlait de son arrière-grand-père. Jos Paynter connaissait bien le réseau de cavernes et de galeries, il en était sorti sain et sauf ce terrible jour de 1814 où son père avait été tué, et les avait souvent explorées par la suite.

Reuben avait laissé les feuillets jaunis du journal du vieux Jos sur sa table. Il les prit et se mit à lire, en les manipulant avec soin. La famille avait toujours été fière du vieil homme et son histoire était précieuse.

Reuben lut: ''Mon père est mort. Je l'ai vu se faire tuer par un douanier. C'était terrible. J'ai eu peur et je me suis sauvé; je croyais qu'ils allaient me poursuivre, mais ils sont restés avec mon père. Je les ai vus le traîner hors de la grotte et j'ai su que c'était fini. Ils ont tiré des coups de feu dans la grotte et j'ai été touché, mais pas gravement, bien que j'aie eu très mal. ''Maman dit que je devrais essayer d'oublier tout ça. Mais je vois mon père chaque fois que je ferme les yeux. J'aurais dû l'aider. Je me suis enfui.''

Il n'avait que quatorze ans, songea Reuben. Qu'aurait pu faire un garçon de cet âge? Les gabelous n'auraient montré aucune pitié. Il a eu raison de fuir. Il n'aurait pas pu aider son père, et sa mère avait besoin de lui. Reuben parcourut le récit en hâte, impatient d'arriver au passage concernant la façon dont Jos était sorti. Il y découvrirait peut-être un moyen d'aider Clare et son ami.

Une partie de la narration avait été écrite bien plus tard, après que Jos fût retourné plusieurs fois dans les cavernes. Quelque chose semblait le pousser à les explorer. Il avait dessiné des plans détaillés de l'ensemble des salles, des galeries et des puits.

"Je suis arrivé à la galerie en bas du Puits de Hoskin mais des rochers barraient le passage. J'ai cru que j'étais perdu mais une voix me disait de continuer. Je ne sais pas qui c'était, mais sans elle j'aurais abandonné. C'était très dur. Mon pied me faisait mal, je devais m'arrêter souvent pour me reposer, et j'avais faim. Je pensais aux gâteaux de maman et c'était encore pire. Une fois, je me suis endormi, et en me réveillant, j'ai cru que j'étais mort. J'avais oublié où j'étais. Tout était si noir. Je me demande si c'est comme ça quand on meurt pour de bon?"

Reuben sauta quelques lignes. Ses yeux s'éclairèrent en lisant "le Puits de Mason". C'était ça.

"A un moment j'ai pris un mauvais tournant mais je suis revenu sur mes pas et j'ai trouvé un autre passage. Il était presque bouché par les éboulis mais j'ai réussi à ramper par-dessus et puis j'ai vu, loin au-dessus de moi, une petite tache bleue. C'était le ciel. J'étais dans le Puits de Mason. J'étais sauvé. Je suis arrivé en bas du puits et à ce moment-là, des pierres se sont mises à tomber. J'ai cru que j'étais fichu, mais l'éboulement s'est arrêté. Je voyais toujours le ciel. Mais derrière moi l'issue était obstruée. J'ai essayé de bouger les rochers, mais en vain. Plus personne ne pourrait sortir par le Puits de Mason après moi."

Reuben reposa les papiers. Sa main tremblait. Plus personne. Mais il refusait d'y croire. Il y avait d'autres puits, d'autres galeries. L'une d'elles menait forcément vers la surface. Il reprit sa lecture.

"Je ne serai pas en repos tant que je n'aurai pas trouvé d'autre issue", avait écrit Jos, et les plans montraient avec quelle minutie il avait visité les galeries, en donnant un nom à chaque lieu: Mine de l'Aube, Mine des Amis, Puits de l'Ouest, Puits de Johnson, de Mason et du Prieur, tout était là. Et l'un d'eux portait une mention de l'écriture précise de Jos: "Le passage est possible". Le Puits du Prieur. "Le passage est possible." Mais l'était-il toujours? Il avait pu se produire d'autres éboulements depuis que Jos avait exploré ces galeries. Et où se trouvait le Puits du Prieur? Le sol était criblé d'anciens puits, la plupart à demi remplis de détritus, jetés là par les habitants au fil des années. Il étudia attentivement les plans de son arrière-grand-père, en essayant de les faire coïncider avec une carte d'état-major récente. Sur cette carte, de nombreux points portaient la mention "ancien puits", et l'un d'eux, sur les falaises au-dessus du terrain de camping, semblait correspondre à l'endroit désigné par Jos comme le Puits du Prieur. Mais qui pouvait dire si l'accès était encore possible, après tout ce temps? Reuben s'aperçut qu'il avait passé des heures à examiner les papiers. Ce serait bientôt le jour, et le moment de se rendre au terrain de caravaning pour se joindre aux équipes de recherche. Et maintenant, il détenait des renseignements fournis par son arrière-grand-père. Voilà pour monsieur Watson et son incrédulité!

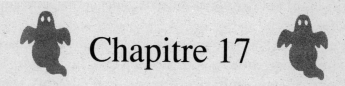

Chapitre 17

Elle ne voulait pas dormir mais elle était trop fatiguée pour résister à l'envie de s'étendre et de fermer les yeux. Il serait si facile de rester allongée là, d'abandonner tout espoir et de devenir de plus en plus faible. Ses jambes lui faisaient mal, ses genoux et ses mains étaient tout écorchés; et ils n'avaient aucune idée de l'endroit où ils allaient.

Elle s'éveilla en sursaut; quelqu'un l'avait touchée. Pas Ned, car elle l'entendait ronfler près d'elle. "Jos?", fit-elle, sans oser y croire. "Es-tu revenu?" C'était Jos, elle en était certaine, bien qu'il ne répondît pas. Il était revenu les chercher.

Elle avança la main pour secouer Ned.

"Qu'y a-t-il?", grogna-t-il, puis: "Oh, mon Dieu! Nous sommes perdus, hein? Et personne ne sait où nous sommes."

"Nous ne sommes pas perdus. Je sais quelle direction prendre." Il s'étaient arrêtés à un embranchement. Le passage qu'ils avaient emprunté virait à droite et semblait large et plat, mais sur la gauche se trouvait un étroit conduit à l'intérieur duquel ils pouvaient à peine pénétrer.

"Ce n'est pas le bon chemin", dit Ned tandis que Clare se faufilait dans le passage de gauche, mais il la suivit.

Le passage s'élevait en pente et, à chaque pas, Clare s'imaginait sentir un souffle d'air frais lui caresser le front. C'était synonyme d'espoir et d'évasion. Mais leur progression était lente et difficile. Par moments, le chemin semblait entièrement obstrué par des éboulis. Elle sentait les énormes pierres rugueuses détachées de la voûte et amoncelées à l'endroit où elles étaient tombées. Elle les franchissait en rampant, sa tête touchant la voûte et ses coudes s'éraflant aux parois. Une fois, elle crut qu'elle était coincée, mais elle parvint à se libérer en se tortillant.

"Ne me laisse pas, Clare", implora Ned, car elle avait dû lui lâcher la main. "Parle-moi, pour que je sache que tu es toujours là."

Au lieu de parler, elle se mit à chanter ce qu'elle se remémorait de la chanson de Reuben sur James Paynter. Elle espérait que Jos ne s'en offusquerait pas. Elle était sûre qu'il était près d'elle, silencieux, ne la tenant pas par la main, mais communiquant avec elle par la pensée, lui redonnant courage. "Jos", murmura-t-elle, pour lui manifester sa joie.

Elle inspira profondément en escaladant l'amas de rochers. L'air lui parut à nouveau frais et pur. Elle cria à Ned: "Nous y serons bientôt."

"Où?", demanda-t-il. "Où ça?" Sa voix était encore

incrédule, incertaine. "Nous aurions dû prendre l'autre chemin."

"Ne sens-tu pas?", dit-elle, sachant tout à coup que la sortie était proche. "Ne sens-tu pas l'air frais? Nous devons être tout près. Nous devons y être."

Elle avança encore et s'arrêta pour écouter, mais tout était silencieux; elle s'imagina un instant avoir entendu le cri d'une mouette. Mais comment l'aurait-elle pu, si loin sous terre?

Loin sous terre? Peut-être n'étaient-ils plus si loin que ça. Une lueur d'espoir se ralluma en elle.

"Ne vois-tu rien?", demanda-t-elle à Ned qui la rejoignait à quatre pattes, et elle eut l'impression qu'il mettait une éternité à lui répondre.

"Si", dit-il lentement. "Il y a une faible lueur devant nous. Je n'arrive pas à y croire." Il éleva la voix, se mit à crier. "C'est vrai. Il y a une lumière devant nous. Donne-moi la main, Clare. Je vais t'aider. Il y a de la lumière! Il y a de la lumière!"

Il y a de la lumière, se dit Clare, et elle se retourna pour remercier Jos de l'avoir guidée jusque-là. Mais il n'était plus là. Il les avait conduits en lieu sûr, mais il avait disparu à présent, disparu pour de bon. Elle savait qu'elle ne le rencontrerait plus. A chaque pas, l'air devenait plus frais, plus doux. Soudain Ned s'arrêta et Clare se heurta à lui.

"Qu'y a-t-il?", interrogea-t-elle.

"Nous sommes au fond d'un puits", dit-il. "Je vois du ciel bleu. C'est magique." Sa voix était emplie de soulagement. "Nous avons réussi", reprit-il. "Je sa-

vais que nous y arriverions. Je te l'avais bien dit."
Clare sourit. Elle était fatiguée, plus fatiguée qu'elle
ne l'avait jamais été. Elle avait envie de pleurer de
joie. Plus tard peut-être céderait-elle à cette envie,
mais pas maintenant, seulement quand elle serait seule.

"Oui", dit-elle. "Conduis-moi."
Il n'y eut pas de réponse.
"Ned. Qu'y a-t-il?"
"Je ne vois pas comment sortir d'ici. Il y a un vieux
morceau d'échelle métallique mais il ne va pas
jusqu'en haut."
"Pas jusqu'en haut?"
"Non. Mais au moins on peut voir le ciel." Sa voix
était enthousiaste. En émergeant des ténèbres, il avait
échappé au désespoir qui avait menacé de le submer-
ger. Elle en était heureuse pour lui.
"Comment allons-nous faire?", demanda-t-elle.
"Est-ce que c'est très haut? Pouvons-nous grimper?"
Elle comprit que Ned étudiait la situation, inspectant
le puits, cherchant des prises sur les parois.
"Eh bien?", questionna-t-elle au bout d'un moment.
Il garda le silence, puis finit par répondre: "Il va falloir appeler au secours. Quelqu'un nous entendra
bien. Il fait jour, il doit forcément y avoir des gens
dans les parages."
"Au secours!", hurlèrent-ils à l'unisson. "Au secours! Au secours!", et leurs cris se perdirent dans
l'air. Une mouette glapit.

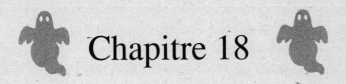

Chapitre 18

Sur le terrain de camping, tout le monde s'activait. Tous les campeurs avaient appris à connaître Clare, et ils étaient inquiets pour elle. Ils se préoccupaient aussi du sort de Ned, mais, après tout, se disaient-ils, c'est encore pire pour elle, parce qu'elle est aveugle. Ils étaient anxieux de commencer les recherches.

Marion Gilbert réconfortait la mère de Ned, lui assurant que tout finirait bien, même si elle n'en était pas aussi certaine qu'elle le prétendait.

Le père de Clare était allé voir l'agent Thomas, pour demander s'il avait des nouvelles. Il était revenu en secouant la tête. "Mais il va venir pour organiser les recherches."

"Toute une nuit dans ce froid", dit la mère de Ned. "Je n'ose pas penser à l'état dans lequel il doit se trouver."

Son mari lui prit les mains.

"Il est plus robuste que tu ne le crois. Il ne lui arrivera aucun mal."

Aucun d'eux n'avait dormi et ils s'étaient levés à la

première lueur de l'aube, en espérant que les jeunes gens allaient reparaître d'eux-mêmes. Les deux pères étaient retournés jusqu'à la grotte mais avaient décidé qu'il n'y avait rien à faire, du moins tant que toutes les autres tentatives n'auraient pas abouti.

On frappa à la porte de la caravane.

"Ce doit être l'agent Thomas", dit monsieur Gilbert.

Mais ce n'était pas le policier. C'était Reuben.

"Eh bien?", fit le père de Ned d'un ton agacé. "Que vous a raconté votre arrière-grand-père?"

Reuben sourit.

"Vous seriez surpris si je vous le disais."

Ils entendaient des voix au-dehors, des hommes, des femmes et des enfants qui se rassemblaient pour fouiller la campagne environnante afin de retrouver la jeune aveugle et son ami.

"Peut-être arriverons-nous à quelque chose, cette fois", dit monsieur Watson.

Ils se joignirent aux autres campeurs et Reuben les suivit. L'agent Thomas les divisa en plusieurs groupes et plaça des gens du pays à la tête de ceux qui devaient explorer les falaises et les criques.

"Ah, Reuben", fit le policier en apercevant le vieil homme. "Vous êtes venu nous aider?"

"Lui et son arrière-grand-père", grommela le père de Ned, sans baisser la voix.

Reuben sourit à nouveau, de ce lent sourire sagace qui semblait exaspérer monsieur Watson.

"Je vais aller faire un tour du côté de la ferme de Tregenna."

"Et pourquoi ça?", demanda le policier.

"C'est son arrière-grand-père qui le lui a dit", fit monsieur Watson. Un ou deux campeurs ricanèrent, mais la mère de Clare déclara: "Je vous accompagne, Reuben."

"Moi aussi", dit son mari.

"Allons-y", fit l'agent Thomas, et les groupes partirent dans différentes directions, les Gilbert et, chose surprenante, les Watson, derrière Reuben.

Le soleil s'était levé et la brume de l'aube s'était dissipée. Le ciel limpide, couleur d'œuf de canard et dégagé de tout nuage, promettait une belle journée. Reuben avançait d'un pas résolu, en balançant une vieille canne dont il se servait pour repousser les orties et les ronces lui barrant le passage.

"Peut-être sait-il où il va, finalement", murmura monsieur Watson à sa femme. Il semblait être en train de réviser son opinion sur le vieil homme.

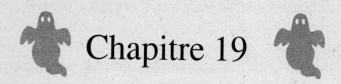

Chapitre 19

Ils étaient enroués à force de hurler, et tout cela en vain, car le monde en surface semblait s'être vidé de gens. Ils se sentaient très affaiblis par la faim. Clare ne savait plus combien de temps s'était écoulé depuis son dernier repas. Ils étaient assis l'un près de l'autre, adossés à la paroi du puits.

"Quelle est sa profondeur?", demanda Clare.

Ned réfléchit un instant.

"Au moins douze mètres. Peut-être plus."

"N'avons-nous aucune chance de l'escalader?"

"Je pourrais essayer. Je trouverais peut-être une prise ici et là. Je vais faire une tentative. Ça ne sert à rien de rester assis là. On dirait qu'il n'y a personne dans les environs pour nous entendre."

"Fais attention, Ned", dit-elle.

"Ne t'inquiète pas, Clare. Et ne te tracasse pas pour moi. Tu es pire que ma mère."

Elle était heureuse de constater qu'il avait totalement maîtrisé sa terreur récente. Depuis combien de temps étaient-ils là? Sous terre, le temps s'écoulait si lentement que deux jours entiers s'étaient peut-être écoulés. Peut-être la lumière que Ned apercevait était-elle celle du soleil couchant. Peut-être allaient-ils encore passer une longue nuit au fond de ce puits. Il n'y avait aucun bruit pour lui indiquer l'heure du jour. Ici, en bas, tout ce qu'elle entendait, c'étaient les chaussures de Ned râclant le roc dans son escalade et ses jurons quand son pied glissait. Puis une pierre tomba, délogée de la paroi, et il dégringola, venant se cogner contre elle.

"Zut", fit-il. "Ce n'est pas la peine. Les parois s'effritent. Je risque de faire tout s'écrouler."

"Tu n'as rien?", demanda-t-elle, songeant à sa cheville foulée.

"Non, ça va", dit-il d'un ton irrité, puis il rit. "Bien sûr que non, ça ne va pas. Et toi? Assise ici, dans le froid et l'humidité, l'estomac vide. Tu poses vraiment des questions stupides." Mais il parlait d'un ton enjoué qui rendait supportables le froid et la faim.

"Manger", reprit-il. "Penses-y. Un hamburger. Un steak. Du chocolat. Des crêpes avec de la confiture et de la crème."

"Arrête", dit-elle. "Arrête." Elle en avait l'eau à la bouche. "Essayons de crier à nouveau."

Ils appelèrent à l'aide en mettant leurs mains en cornet autour de leur bouche, la tête tournée vers le haut du puits. "Au secours! Ohé!", crièrent-ils, avant de se taire, découragés par l'absence de réponse; ils se dirent qu'ils devaient être à plusieurs kilomètres de toute habitation ou de tout chemin fréquenté.

"Peux-tu dire l'heure qu'il est, d'après la lumière?", demanda Clare.

"La lumière est plus vive que tout à l'heure."

Elle espéra que cela signifiait qu'on était au début de la journée. Quelqu'un finirait peut-être par passer avant le soir.

"Jouons à un jeu", fit-elle.

"Quel genre de jeu?"

"N'importe quoi, pour passer le temps."

Ned n'était pas enthousiasmé, mais elle s'obstina.

"Le Chat du Ministre", dit-elle. "C'est moi qui commence.". Elle réfléchit un instant. "Le chat du ministre est un archevêque et il s'appelle Artaxerxès."

"Tu cherches vraiment la difficulté", dit Ned.

"A ton tour", insista Clare.

"Le chat du ministre est un bon à rien et son nom est Belzébuth", finit-il par dire.

Clare réfléchit intensément avant de parler.

"Le chat du ministre est un chat classique qui capture des criquets et des chenilles et les confine dans une cage jusqu'au carême."

"Tu as triché", dit Ned. "Tu n'as pas dit son nom."

"Cléopâtre", répondit-elle vivement.

Bientôt le jeu se transforma en une suite de récits fantastiques et de contes abracadabrants sur les félins, à mesure que chacun d'eux rallongeait les phrases de l'autre, et ils finirent par se tordre de rire, oubliant momentanément leur situation périlleuse. Quand ils arrivèrent à la lettre R, ils étaient devenus quasiment hystériques.

Clare avait commencé, prétendant que c'était son tour.

"Le chat du ministre est un rustre rude et rond qui règne en roi sur Redruth."

"A moi maintenant", fit Ned. "Il rampe et se roule en rond en ruminant de la rhubarbe et du riz aux raisins."

"Et son nom est", commença Clare, et tous deux en chœur: "Reuben!". Ils rugirent de rire et hurlèrent à nouveau à tue-tête: "Reuben! Son nom est Reuben!"

"J'ai cru entendre quelque chose", dit monsieur Watson, qui avait pris de l'avance sur les autres, énervé par la progression lente et prudente de Reuben à travers les ronces.

"Regardez bien où vous mettez les pieds", lui cria Reuben. "Ce coin est truffé d'anciens puits. On ne sait jamais où ils peuvent se trouver. Et celui que nous cherchons est quelque part par ici."

"Moi aussi, j'ai entendu quelque chose", dit madame Gilbert, en s'immobilisant. "Pas toi?", demanda-t-elle à son mari.

"Taisez-vous tous", dit le père de Clare. Ils se figèrent sur place et tendirent l'oreille.

"Là, je vous l'avais dit", fit monsieur Watson d'un ton animé. "Ça recommence."

De quelque part, non loin de là, leur parvinrent des rires suivis d'un cri où se mêlaient la voix d'un garçon et celle d'une fille: "Son nom est Reuben!" Des glapissements d'hilarité montèrent dans l'air matinal.

"Son nom est Reuben!" D'autres rires.

"C'est eux", dit Mark Gilbert. "Clare!", appela-t-il. "Ned!"

Mais les rires s'étaient tus et un silence s'ensuivit, si bien qu'ils commencèrent vraiment à se demander s'ils n'avaient pas rêvé.

"D'où cela venait-il?", demanda madame Watson d'un air anxieux. "D'où?"

"Ecoutez", dit son mari. Et ils entendirent la voix de Clare, non plus secouée par le rire mais légèrement chevrotante, et toute proche, semblait-il, demandant:"On continue?", et la réponse de Ned: "Ça ne nous avance pas à grand-chose, non?"

"Clare!", appela sa mère. "Nous sommes là. Continuez à parler jusqu'à ce que nous vous trouvions."

"Maman?" La voix venait de la gauche, de quelque part à l'intérieur d'un cercle de pierres, un muret marquant l'emplacement d'un puits recouvert de bruyère et presque anéanti par le passage du temps.

"Attention", dit Reuben. "Laissez-moi faire." Tâtant le sol de sa canne, il s'approcha du puits prudemment et se pencha au-dessus.

"Salut, vous deux", dit-il.

"Son nom est Reuben", répéta Clare, en larmes.

"Tout va bien, mon cœur", dit Reuben. "Nous sommes là. Vous êtes sauvés à présent."

Chapitre 20

Sa mère la conduisit jusqu'à la chaumière de Reuben et la quitta sur le seuil. Elle se sentait encore toute raide, ses genoux et ses coudes étaient endoloris. Elle sentait l'odeur de la pommade que sa mère avait passée sur ses blessures pour les aider à cicatriser.

"Vous avez eu beaucoup de chance, tous les deux", avait dit la mère de Clare. "Ç'aurait pu être tellement pire. Je suis terrifiée à l'idée de ce qui aurait pu se passer."

"Arrête, Maman", supplia Clare. "Ne deviens pas comme la mère de Ned."

"C'est parce que nous t'aimons, tu sais, c'est tout. Tu ne sais pas à quel point c'est parfois difficile de te laisser agir à ton gré."

"Nous n'étions pas en danger, Maman, je t'assure." Mais elle se rappelait la terreur qui l'avait saisie de temps en temps, et elle savait que c'était seulement la certitude que Jos avait réussi à sortir qui lui avait permis de garder courage. Avaient-ils réellement été sauvés par un fantôme? Tout ce qu'elle savait, c'était que quelqu'un les avait guidés à travers le labyrinthe des cavernes et des galeries, et les avait amenés en lieu sûr. Et elle avait eu la conviction que c'était Jos, elle lui avait parlé, elle l'avait touché.

Ned ne le comprenait pas. Il avait oublié la frayeur qui s'était emparée de lui quand il avait imaginé les cris et les coups de feu qui l'avaient incité à fuir dans l'obscurité. Il ne se rappelait plus pourquoi il avait paniqué. Et elle se garda bien de lui rafraîchir la mémoire. Mais elle savait bien ce qu'elle avait entendu, elle ne l'oublierait jamais, et se représentait même toute la scène en pensée.

Reuben avait guetté son arrivée; il lui fit franchir le seuil.

"Asseyez-vous ici, mon cœur", dit-il en la guidant jusqu'à une chaise installée près de la fenêtre ouverte. Elle huma l'odeur saline de la marée montante et entendit le rugissement des brisants contre les falaises, en dessous de la petite maison. On était bien ici, c'était chaud et confortable, à l'image de Reuben lui-même.

"Alors, racontez-moi tout", demanda Reuben après avoir préparé du thé et disposé devant Clare une assiette de biscuits au choçolat. Elle en prit un et le grignota avidement, comme si elle n'avait pas mangé depuis des semaines. Elle voulait rattraper le temps perdu.

"Eh bien?", questionna Reuben.

"Comment avez-vous su où nous chercher?", interrogea Clare en retour.

"Ah", fit Reuben. "J'avais mes propres sources de renseignements."

"Votre arrière-grand-père, à ce qu'a dit monsieur Watson, mais c'était pour plaisanter."

Reuben garda le silence un long moment.

"Mon arrière-grand-père", dit-il enfin. "C'est vrai. Jos Paynter. C'était lui."

"Oui", répéta Clare. "C'était lui."

"Il était là-bas?", demanda Reuben, mais c'était davantage une affirmation qu'une question, comme s'il savait que Jos était près d'elle dans le Boîte à Thé de Caleb, comme s'il savait que c'était lui qui l'avait conduite vers la sortie.

"J'aurais aimé le connaître", dit Reuben. "Mais je l'ai vu, une fois. Il y a bien longtemps."

Il se tut, et Clare l'entendit écarter sa chaise de la table. Elle comprit qu'il était venu se poster à côté d'elle, devant la fenêtre.

"Là-bas, sous terre. Comme vous. Dans la Boîte à Thé de Caleb, un bref instant. Je le revois encore, sous la forme d'un jeune garçon. Oui, c'était une chose bien étrange."

"Comment était-il?", demanda Clare. Elle voulait savoir si l'image qu'elle s'en était faite correspondait à la réalité.

"Je ne peux pas le dire au juste", dit Reuben. "Mais j'crois bien que je lui ressemble, plutôt large, costaud. Je suis un peu ratatiné par l'âge, maintenant, mais quand j'étais jeune..."

Sa voix se perdit comme s'il se penchait sur ces temps

reculés. Bien des souvenirs s'étaient estompés dans sa mémoire, mais celui-ci demeurait particulièrement vivace: les cris, les coups de feu, l'homme qui tombait, et le jeune garçon qui s'enfuyait, ce jeune garçon qui lui ressemblait, et qui avait exercé sur lui une telle fascination qu'il avait failli le suivre, s'enfoncer dans les ténèbres à sa suite...

"Quand j'étais jeune", reprit-il au bout d'un moment, "mais je ne suis plus jeune. Je l'ai vu, à cette époque."

Clare l'entendit enlever les tasses et la théière de la table, mais il s'interrompit et demanda: "Vous l'avez vu, vous aussi?"

Oui, se dit-elle, je l'ai peut-être vu. Peut-être ce que j'ai imaginé était-il le vrai Jos, le garçon qui avait échappé aux douaniers, avait trouvé l'issue du labyrinthe, et avait vécu très vieux, mais dont l'esprit était revenu hanter le lieu où son père avait été tué. Il était revenu, et avait ainsi permis à deux jeunes imprudents de la fin du XXe siècle de ne pas se perdre à jamais dans les souterrains humides, de revenir vers l'air libre, vers la vie... Et ce n'était pas le produit de son imagination, ni d'un délire provoqué par la peur et l'épuisement, ce n'était pas un rêve, comme le croyait Ned. Non, c'était arrivé.

Comment cela se pouvait-il? Elle était incapable de le dire, mais cela s'était passé ainsi et la preuve en était qu'elle était assise là, saine et sauve. Les bruits de Polgwidden lui arrivaient par la fenêtre, le déferlement de la mer contre les falaises, les cris rauques des

mouettes batailleuses, et le rire des enfants sur la plage. Quelque part, une voix fredonnait la ballade de
Jem Paynter.

Elle respira l'odeur de l'iode, des genêts. Les vacances
touchaient à leur fin. Bientôt, elle allait quitter cet endroit, regagner la ville. Mais elle n'oublierait jamais
ces vacances.

"Je suis heureuse de l'avoir rencontré", dit-elle spon-
tanément.

"Moi aussi", dit Reuben. "Moi aussi."

**Lisez également les autres
livres de la série Mystère:**

La hantise de Sophie Bartholomew

Sophie déteste la maison de la rue du Château où sa mère et elle viennent d'emménager. Il y fait froid et sombre. Quand elle apprend que la maison passe pour être hantée, Sophie décide d'examiner les choses étranges qui se déroulent dans cette habitation sinistre.

N'approche pas de l'eau!

Chacun au village avait remarqué que le niveau du lac de Blackwater était très bas. Brendan était inquiet, il soupçonnait le lac d'abriter une chose sinistre dans ses profondeurs. Et qu'avait Amy, sa petite sœur, dont le comportement était devenu si étrange ces derniers temps?

Le secret de la broderie

Des faits étranges se passent dans les recoins innombrables de la vieille maison où Nicky est en vacances avec sa grand-tante. Au milieu de la nuit Nicky est réveillée par un son qui ressemble à un appel au secours. Mais quand elle vient voir, il n'y a personne. Quels secrets terribles les revenants essayent-ils de révéler?

La vengeance du Corbeau

Alex est sûr de connaître l'homme qu'il a vu à l'étang de Stackfield. C'est la silhouette qui hante ses rêves les plus noirs, l'homme du cauchemar. Peu de temps après, la famille Mackay emménage à End House, et le mystérieux homme devient plus qu'un simple rêve...

Le fantôme de la pluie

Quel est le secret de la vieille dague rouillée trouvée par Steve pendant l'excursion scolaire? Dès qu'il l'apporte à la maison, d'étranges événements surviennent. Et comment expliquer la présence de cette silhouette indistincte que Steve aperçoit dans la pluie?

QUATRE AMIES FONDENT UN CLUB,
ET QUEL CLUB!

Lorsque Valérie se rend compte que les parents de son quartier ont des difficultés à faire garder leurs enfants, elle décide de fonder un club de baby-sitting. Ainsi, les parents peuvent contacter une équipe de baby-sitters expérimentées en un seul coup de téléphone.

Le club à énormément de succès et les baby-sitters commencent à gagner de l'argent. Mais cet argent est bien mérité: en effet, les enfants les plus adorables ne sont pas toujours des petits anges! Cependant, Valérie et ses amies ne voudraient renoncer à leur club pour rien au monde. A qui d'autre qu'à leurs meilleures amies pourraient-elles raconter tous leurs secrets?

**LA PLUS POPULAIRE SERIE POUR JEUNES FILLES
12 TITRES PASSIONNANTS
SUSPENSE, AVENTURE, SENTIMENTS...
DECOUVRE LE MONDE DU CLUB DES BABY-SITTERS!**